Roland Gampp

Unheilvolles Tattoo
Lia-Mara, die etwas andere Ermittlerin

Thriller

Die Handlung dieses Thrillers sowie die darin vorkommenden Personen sind frei erfunden.
Eventuelle Ähnlichkeiten mit realen Begebenheiten und tatsächlich lebenden oder bereits verstorbenen Personen wären rein zufällig.

Impressum

Bibliografische Information der Deutschen Nationalbibliothek: Die Deutsche Nationalbibliothek verzeichnet diese Publikation in der deutschen Nationalbibliografie, detaillierte bibliografische Daten sind im Internet über dnb.dnb.de abrufbar.

TWENTYSIX – Der Self-Publishing-Verlag
Eine Kooperation zwischen der Verlagsgruppe Random House und BoD – Books on Demand

© 2018 Roland Gampp
Herstellung und Verlag:
BoD – Books on Demand
ISBN: 9783740751425
Lektorat: TextCare Claudia Diekmann (www.textcare.de)
Layout: Dipl.-Ing. Jörg Pillukat
1. Auflage 2018

Inhalt

Prolog   7

Kapitel 1
Privatschnüfflerin   9
Enkendorf-Connection   19

Kapitel 2
Seltsame Begegnung   28
Im Vorhof zur Hölle   38

Kapitel 3
Das Erwachen   43
Die heiße Spur   48

Kapitel 4
Unverhoffte Liebe   53
Aranha Negra   63
Kim Noack   66

Kapitel 5
Verführung auf brasilianisch   71
Casino Villa D'Angelo   81

Kapitel 6
Die Einladung   87
Das Jahrestreffen   88
Tödlicher Besuch   90
Unverhoffte Spenden   101
Der Autowäscher   108
Nächtlicher Besuch   113

Kapitel 7
Der Wendepunkt   127
Der seltsame Fund   132
Das Damoklesschwert   138
Der Beichtstuhl   146

Epilog   156

Prolog

Das, was du gerne hättest,
ist nicht unbedingt das Beste für dich.

Kapitel 1

Privatschnüfflerin

„Wer spricht da?", schrie sie mit bissigem Ton, wie eine angreifende, fauchende Raubkatze, verärgert in den Hörer.

Sie konnte es auf den Tod nicht ausstehen, wenn jemand undeutlich oder gar leise sprach. Und wenn sie bei irgendetwas unterbrochen wurde, löste dies eine Aggression, eine innere Unruhe in ihr aus, in die sie sich immer stärker hineinsteigerte, bis es knallte. Dabei wurde ihr Blick scharf und gebündelt, zu einem fokussierten Starren, einem Laserstrahl, dem man am besten schnellstmöglich aus dem Weg ging.

„Hallo, Lia-Mara, ich bin's, Robert", wiederholte er ruhig und gelassen seinen Namen, musste ein lautes Lachen unterdrücken. Seltsam, sie hatte sich all die Jahre nicht verändert, war schon immer angriffslustig, oft auch aggressiv, wenn sie nicht weiterwusste.

Ihre Strategie, Angriff ist die beste Verteidigung, hatte sie demnach beibehalten.

Wie sie heute wohl aussehen mag, reflektierte er, wurde jedoch sofort jäh aus dem Gedankenflug gerissen.

„Robert, Robert, was für ein Robert? Es gibt sicherlich Tausende Roberts hier in dem beschissenen Land", plätscherte es aus ihr heraus.

„Dem du in der vierten Klasse zwei Veilchen verpasst hast, mich mir nichts, dir nichts ausgeknockt hast. Und dies nur, weil ich mit dem Feuerzeug deine langen, feuerroten Haare ein wenig angebrutzelt habe", kam es spöttisch aus Roberts Mund.

„Hahaha, ach ja …, das Arschloch!

Und was heißt da, ein wenig angebrutzelt!? Regelrecht abgefackelt hast du sie, du Monster", dann legte Lia-Mara eine kleine Gedenkpause für das verbrannte Haar ein, redete danach aber in einem etwas vertrauteren Ton weiter.

„Mannomann, hinterher sah ich mit den noch übrigen Haarstummeln wie Quasimodo aus, konnte wochenlang nicht vor die Haustür gehen. Biste eigentlich immer noch so ein Schurke, der unschuldigen, kleinen Mädchen einfach die Haare abfackelt?", fragte sie ketzerisch mit einem belustigten Unterton, formte dabei die Lippen zu einer abschätzenden Schnute.

„Na ja, wer weiß …, aber ich rufe dich an, weil ich unbedingt deine Hilfe brauche", wechselte er abrupt das Thema.

„Nenne mir einen guten Grund, warum ich einem Arsch wie dir, der mich abfackeln wollte, helfen sollte?", kam ihre Gegenfrage wie aus einem Schnellfeuergewehr.

„Lia-Mara, seit ein paar Wochen werde ich verfolgt. Ich habe ein eigenartiges Gefühl. Egal wo ich mich befinde, was ich grade mache, es beobachtet mich immer jemand", so begann er zu erzählen, zuerst mit gemessenen Worten, doch dann plötzlich sprudelten die Sätze aus ihm heraus.

„Dann vor einigen Tagen spitzte sich das Ganze noch zu, brauste ein Landrover im vollen Tempo auf mich zu. In letzter Sekunde konnte ich mich zur Seite werfen, sonst hätte die Karre mich plattgemacht. Und das Beste ist, die Bullen unternehmen nichts! Die Idioten wollen Beweise", dabei zog er die Mundwinkel verächtlich nach unten. Seine Kehle wurde trocken. Er wollte nicht weitersprechen. In dem kurzen Schweigen, ehe er weitersprach, vermittelte er den Druck, den er mit sich herumtrug.

„Erst wenn ich wirklich platt bin, eins fünfzig tiefer liege, haben diese engstirnigen Paragrafenreiter die Beweise. Darauf will ich`s wirklich nicht ankommen lassen."

„Wäre doch für diese Welt kein Verlust, wenn so eine frauenfeindliche Type wie du ausgelöscht würde", säuselte sie genussvoll, wie bei einer Sexhotline üblich, mit hörbarem Vergnügen ins Telefon.

„Scheiße, kannst du nicht einmal normal bleiben, mich ernst nehmen!

Mir steht die verdammte Scheißangst bis zum Hals", kreischte er genervt in den Hörer, dabei schwoll seine Ärgerader quer über der Stirn mächtig an.

„Musst du immer alles und alle lächerlich machen? Du nervst tierisch! Merkst du das denn nicht, du …, du gehst mir gerade mächtig auf den Sack", quietschte er hysterisch und flippte dabei fast aus.

„Umso besser, dann hat sich`s ja erledigt und ich kann mich wieder den wichtigen Dingen zuwenden, bei denen du mich unnötigerweise gestört hast", gab sie mit spitzer Zunge gelassen zurück.

„Liebe Lia-Mara, hier noch mal ganz langsam zum Mitschreiben:

Iiiiich schweeeebeeee in Le…bens…ge…fahr!

Bitte hilf mir, mir steht die Angst bis Oberkante Unterlippe!", flehte er theatralisch, hilflos mit seiner sonoren Stimme.

„Ich muss rausfinden, was hier abgeht, und das kann ich nur mit deiner Hilfe." Dann legte er eine kleine Sprechpause ein, atmete mit einem lauten Seufzer tief durch, sodass sie es deutlich vernahm und fuhr fort:

„Du bist eine sehr gute, nein, die beste Ermittlerin", berichtigte er seine Aussage, „ mit einer sensationellen Ausbildung und deine Spürnase ist …"

„Stopp, stopp, versuch es nicht auf diese Tour!", bremste sie ihn aus.

„So viel Schleimerei ertrage ich nicht. Das Ganze kannst dir auf deine Frühstücksstulle schmieren und selber essen, hoffentlich erstickst du daran."

Manchmal biste eine richtig arrogante Kuh, dachte er genervt, presste jedoch fest den Mund zusammen, damit es nicht über seine Lippen trat.

Lia-Maras unstillbarer Wissensdurst, die kognitiven Fähigkeiten, ihr EDV-Wissen, ihr niemals endendes Durchhaltevermögen, das Ganze gepaart mit einer sensationellen Kombinationsgabe trieben sie vor Jahren zum Polizeidienst. Denn schon als kleines Mädchen fühlte Lia-Mara sich als Polizistin, beobachtete jeden und alles in ihrer Umgebung und nervte dabei jedermann tierisch.

Sie brauchte sich nichts zu notieren. Was sie einmal richtig gesehen hatte, war auf ihrer Festplatte für alle Ewigkeit gespeichert und jederzeit abrufbereit.

Nach absolviertem Studium auf der Polizeifachhochschule Villingen-Schwenningen, die sie mit Bestnote hinter sich ließ, war sie für ein paar Jahre in Berlin als verdeckte Ermittlerin tätig gewesen. Hier in der Rauschgiftszene hatte sich Lia-Mara richtig wohlgefühlt. Durch ihr extravagantes Äußeres und ihr oft unsoziales Verhalten nahm jeder an, dass sie zur Szene gehörte.

Ihr gesamter Körper, bis auf ein, zwei kleine Flecken, war über und über mit der Tinte von Tattoos bedeckt.

Grüne, filigrane Rosenranken überzogen den ganzen Rücken. Das kräftige Grün wurde nur durch ein paar hellrote Rosenblüten unterbrochen. Das Kunstwerk war so exakt und scharf gestochen, dass der Betrachter das Gefühl nicht loswurde, er könnte den betörenden Duft der Rosen wahrnehmen.

Ziemlich am oberen Ende ihrer rechten Schulter saß ein zarter, blauer Schmetterling mit schwarz-weiß gepunkteten Flügeln auf einer Rosenblüte und saugte Nektar. Hier versuchte der Beobachter sich ruhig zu verhalten, denn bei einer unüberlegten Bewegung könnte der Falter jeden Augenblick aufgeschreckt losfliegen.

Die beiden festen und kleinen Brüste waren ebenfalls in Rosenranken eingebettet, die von den Hüften aus über den Bauch nach oben kletterten.

Doch für die meisten blieb ihr Körperkunstwerk unter der ausgefallenen Kleidung verborgen. Nur die leuchtende Blüte am Nacken erfreute sich des Tageslichts.

Durch ihre sensationelle Erfolgsquote wurde Lia-Mara nach Frankfurt in die Mordkommission berufen und durchlief etliche Spezialausbildungen neben der täglichen Polizeiarbeit.

Dann eines Tages öffnete sich unverhofft eine neue Tür; ein mehrjähriger USA-Aufenthalt.

Bei der Bundespolizei in Chicago bekam sie tiefen Einblick in die Arbeit der Kriminalpolizei, hatte hier die einmalige Chance, in diesem Metier durch „learning by doing" neue Kenntnisse zu erwerben.

Ihre englischen Sprachkenntnisse, neben französisch, portugiesisch und spanisch, waren innerhalb eines Dreivierteljahres so perfekt, dass nur noch ein geringer, kaum merklicher deutscher Akzent sie als Ausländerin verriet.

In einem kriminaltechnischen Labor durfte Lia-Mara ihr Können unter anderem in den Fachgebieten der Spurensuche, Spurensicherungen und verschiedenen Spurenauswertungen in den Bereichen DNA-, Farb- und

Lackspuren erweitern. Sie konnte einfach nicht genug davon bekommen. Sie fraß förmlich diese neuen Kenntnisse.

Dabei kam ihr ihr fotografisches Gedächtnis, das sie als Kind immer gestört hatte, sehr zu Hilfe. Sie musste die Dinge nur einmal genau sehen und schon war alles für immer und ewig abgespeichert und jederzeit wieder abrufbar.

Auch die Amis erkannten ihr Talent sehr schnell und förderten Lia-Mara, wollten sie zum Bleiben locken.

So folgte noch eine spezielle Ausbildung zum Profiler.

Die psychologische Ausbildung behagte ihr nicht besonders, da sie dabei immer wieder auf die eigenen Untiefen stieß, von denen sie gar nichts wissen wollte. Aber Lia-Mara biss sich durch den Dschungel der psychologischen Wirren.

Die Fallanalysen hingegen waren ganz nach ihrem Gusto. Hier drehte es sich nicht um sie. Hier musste ein Täterprofil erstellt werden. Die Gedanken, den Ablauf der Tat rekonstruieren, um somit auf das Wesen des Täters zu schließen.

Ja, hier tummelte sich Lia-Mara mit Hochgenuss, wie ein Bär beim Honiglecken ganz und gar auf ihrem Lieblingsspielplatz.

Sämtliche Informationen in einem Prozess zu verarbeiten und daraus Schlüsse zu ziehen, aus welchem Milieu der Täter stammt und wie er tickt. Einfach alles aus dem Gegebenen zu kombinieren, wie bei einem

Puzzle jedes einzelne Teil an den richtigen Ort zu platzieren, damit ein annehmbares Gesamtbild entsteht.

Schlussendlich offerierte man Lia-Mara das sagenhafte Angebot, die Leitung des SWAT-Teams (Special Weapons and Tactics) zu übernehmen.
Doch hier stieß sie gewaltig an ihre Grenzen. Lia-Mara musste bitter erkennen, dass ihr Selbstbild völlig von der Wirklichkeit abwich. Die Realität hatte sie eingeholt.
Lia-Mara taugte nicht zur Teamplayerin und unterordnen konnte sie sich schon gar nicht. Ihre paranoiden Strukturen ließen dies einfach nicht zu. Soziale Kompetenzen waren für sie Fremdwörter, das Ganze auf einen Nenner gebracht:
Lia-Mara war die introvertierte Einzelgängerin und sie hasste Schwarmintelligenz.

Ihre männlichen Kollegen akzeptierten sie nicht. Oft standen auch versuchte sexuelle Übergriffe auf sie im Raum. Und last but not least: Menschenführung gehörte nicht unbedingt zu ihrem Spezialgebiet.
So kündigte Lia-Mara nach knapp einem halben Jahr. Sie musste dem starken, ungewohnten Druck Tribut zollen.
Mit einem Burn-out im Gepäck verließ sie die Abteilung und ebenfalls die USA.
„Woher hast du denn meine Telefonnummer, Arschloch?", fragte sie Robert vorwurfsvoll.

„Deine Tante, die in derselben Straße wohnt wie ich, hat sie nach langem Bitten und Betteln rausgerückt. Du kannst dir nicht vorstellen, was ich alles anstellen musste, damit ich sie überzeugen konnte!"

„Hoffe, du hast dich an ihr nicht vergangen, sie gehört mit ihren siebzig Jahren sicherlich genau in dein Beuteschema", reizte ihn Lia-Mara verbal.

Dann urplötzlich spürte Lia-Mara ein fürchterliches Jucken auf ihrem Handrücken.

Yeah, da ist es wieder, spürte sie erfreut, fühlte, wie ihr Kreislauf Freudensprünge vollführte. Dies war bei ihr immer ein untrügliches Zeichen, dass etwas Spannendes im Raum stand. Sie kratzte sich unbewusst so lange mit der anderen Hand auf dem juckenden Handrücken, bis sich die ganze Fläche blutrot verfärbte. Ihre ganzen Sinne jubilierten, der Körper überschüttete sie mit Hormonen.

Es ist das erste Mal nach meinem shit Zusammenbruch, dachte Lia-Mara in Hochstimmung. Sie hatte keine Wahl. Jetzt musste sie, wie der Süchtige gierig nach der Droge greift, zugreifen, sie konnte einfach nicht anders. Dieser Fall war ihre erste echt interessante Aufgabe, die ihr als Privatdetektiv unterkam.

Nur nichts anmerken lassen, schoss es ihr mahnend durch den Kopf.

„Okay, Robert, ich werde morgen bei dir vorbeikommen und schauen, ob ich die Aufgabe übernehme. Du kannst schon mal dein Bankkonto räumen, denn billig bin ich gewiss nicht", gab sie selbstsicher und voller Elan von sich.

Lia-Mara spürte intuitiv, trotz der räumlichen Distanz zwischen ihnen, dass ein unerträgliches Gewicht von ihm genommen wurde. Doch es war nur von kurzer Dauer, es kam schnell wieder.

„Danke, Lia-Mara, meine Adresse …", wollte er sich bedanken, doch dazu kam er nicht.

„Meinste, ich bin blöd oder was? Vor mir steht so ein Gerät, das man auch Computer nennt, und dem Ding kann ich alles entlocken", klärte sie ihn im oberlehrermäßigen Tonfall auf.

„Na ja, bei euch im Hotzenwald habt ihr ja auch schon Fortschritte erzielt. Von der Trommel zum Telefon. Meine Gratulation, ein echter Quantensprung", hänselte sie ihn.

„Also bis morgen, Arschloch. Und freu dich nicht zu früh, vielleicht überlege ich´s mir doch noch anders", drohte sie, und Robert hörte augenblicklich das Piepsen im Hörer, sie hatte einfach aufgelegt.

Enkendorf-Connection

„Wie kommst du eigentlich auf die absurde Annahme, dass dich jemand beschattet?", fragte Lia-Mara Robert und blickte ihm dabei direkt in die Augen. Ihrem Gesichtsausdruck konnte er entnehmen, dass sie an seiner Aussage stark zweifelte.

„Morgens bei der Fahrt zur Arbeit folgt mir öfters ein Auto. Ein grauer Audi A3, doch er hält immer so viel Abstand, dass ich die Autonummer nicht lesen kann", dann hielt Robert kurz inne und starrte sie über den Tisch hinweg an. Ließ nochmals einen kurzen Augenblick vorüberziehen, beugte sich gleichzeitig in dem Stuhl nach vorne, den rechten Unterarm auf den Tisch gestützt.

„Na ja, zuerst dachte ich, die Person hat denselben Arbeitsweg. Doch nach einiger Zeit fiel mir auf, dass er sich nicht immer von derselben Stelle aus an mich dranhängt."

„Aber nur, weil dir öfters ein grauer Audi folgt, heißt das noch lange nicht, dass du verfolgt wirst. Weißt du was, ich glaube, du bist so langsam paranoid", dabei schaute sie ihm direkt, ohne jegliche Regung gefühllos in die Augen.

Robert verzog sichtlich genervt sein Gesicht, reagierte jedoch nicht verbal darauf.

„Du bist immer noch so verdammt empfindlich, wenn man was zu dir sagt, das nicht in dein Weltbild passt", knallte sie ihm unverblümt vor seinen Latz.

„Bin ich doch gar nicht. Wäre von dir jedoch schön, wenn du mich ernst nehmen könntest", gab Robert ruhig zurück, wendete den Blick von ihr ab und saß abwesend, wie hypnotisiert, da. Dann kehrten seine Augen zu ihr zurück und er dachte, ihr fehlen tatsächlich die notwendigen Spiegelzellen, die zuständig für Gefühle sind.

„Okay, zurück zum Thema. Was haste denn noch so bemerkt?"

„Letzte Woche zum Beispiel war ich zum Shoppen in Lörrach in einem Kaufhaus unterwegs. Plötzlich kam ein seltsames Gefühl in mir auf und ich entdeckte, wie mich ein Mann fast unmerklich beobachtete. Wie mein eigener Schatten klebte dieser an meinen Fersen, folgte mir auf jede Etage. Der Typ hielt aber immer genügend Abstand zu mir, benahm sich unauffällig. Doch ich spürte sofort, dass er kein Interesse an der Auslage, die er intensiv anstarrte, hatte. Er war auf mich fixiert", erzählte er lebhaft und unterstrich jeden Satz mit einer ausholenden Gestik.

„Nach etwa einer halben Stunde verließ ich das Kaufhaus. Und dreimal darfst du raten, was er tat." Robert ließ Lia-Mara jedoch keine Chance zu antworten, setzte seine Berichterstattung ohne Pause fort.

„Er verließ es ebenfalls kurz nach mir. Ich wechselte extra auf die andere Straßenseite. Dort stellte ich mich absichtlich mit dem Rücken so zum Ausgang des Kaufhauses, dass ich sein Spiegelbild im Schaufenster erblicken konnte. Und wie vermutet ist er mir weiter gefolgt."

Und so erklärte er Lia-Mara, dass er das Gefühl einfach nicht loswurde, dass sein ganzes Verhalten, seine Tagesabläufe beobachtet wurden.

„Lia-Mara, jetzt musst du genau hinhören, dir dies einmal voll reinziehen!" Aufgebracht rutschte Robert samt Stuhl auf dem Holzboden Richtung Tisch und hinterließ auf dem Boden etliche tiefe Kratzer.

„Vor einiger Zeit kam ich außer der Reihe etwas früher als sonst nach Hause. Als ich ins Haus eintrat, merkte ich sofort, dass etwas nicht stimmte. Die Wohnzimmertür und die Küchentür standen offen. Ich schließe sie immer! Ohne Ausnahme", dabei formte er beide Hände zu Fäusten, gab dem Gesagten Gewicht.

„Plötzlich vernahm ich ein seltsames Geräusch. Vorsichtig schlich ich mich in die Küche. Sah im letzten Augenblick eine dunkel gekleidete Gestalt über die Terrasse nach draußen ins Freie verschwinden."

Und so erklärte Robert ihr alles, alles bis ins kleinste Detail, ließ nichts aus. Auch dass die Polizei nur vorbeikam und ihn mahnte, er sollte das Haus besser sichern und die Eingangstür in Zukunft verschließen. Denn sein Verhalten lade jeden Dieb ein. Da jedoch nichts fehlte, könnten sie nichts unternehmen, würden jedoch in nächster Zeit öfters mal mit dem Streifenwagen vorbeifahren, Präsenz zeigen.

„Konntest du erkennen, ob der Einbrecher ein Mann oder eine Frau war, wie war er gebaut?", unterbrach sie ihn.

„Hm, das ist schwer zu sagen. Ich sah ihn nur von hinten und er trug einen schwarzen Kapuzenpullover." Dabei wendete er den Blick von ihr ab, legte den Kopf zurück in den Nacken und starrte ein paar Sekunden ruhig gegen die Zimmerdecke.

„Er oder sie hatte die Kapuze über den Kopf gezogen. Doch der Figur und dem Gang nach meine ich, dass es sich um einen Mann handelte."

Lia-Mara war gleich am darauffolgenden Tag nach dem Telefonat bei ihm erschienen. Kein Wölkchen verdeckte an diesem wunderschönen Sommertag die Sonne. Das Thermometer stieß am späten Vormittag knapp an die 20-Grad-Grenze.

Ihr Kommen kündigte ein tiefes, gleichmäßiges Orgelkonzert eines alten Ford Mustang an. Das giftgrün lackierte Cabrio Ford Mustang 289 entließ aus seinen zwei fetten Endrohren ein bolderndes Röhren, wozu nur ein Achtzylinder älteren Datums in der Lage ist.

Robert musste unwillkürlich grinsen, als er die Farbkombination des Wagens wahrnahm: Lack giftgrün und innen leuchtend rote Ledersitze.

Nachdem sie den Zündschlüssel aus dem Zündschloss gezogen hatte, tönte nur noch die laute, rhythmische Musik von Haddaway aus den vier Lautsprechern:

„Baby don´t hurt me, don´t hurt me, no more …" Ein kurzer Griff zum Autoradio und es herrschte wieder die gewohnte Stille im Enkendorf.

Das Enkendorf ist ein Stadtteil von Wehr, dessen nicht offizielles Ortsschild in schwarzen Lettern den „Freistaat Enkendorf" unübersehbar ankündigt.

Es ruht in ländlicher Gelassenheit im südwestlichen Schwarzwald am Ausläufer des verträumten Wehratals. Hier versucht man die alten Strukturen des historischen Ortskerns, die alten Bauernhäuser sanft zu sanieren und zu erhalten. Und der Besucher erhält den Eindruck einer bäuerlichen Gemeinde. Doch auch hier wie anderswo in Deutschland sind die Nebenerwerbslandwirte nicht mehr zu finden. Das Ergebnis einer falschen Politik, die sie in kürzester Zeit wie ein Radiergummi verschwinden ließ.

Das Hämmern ihrer hellbraunen, hochhackigen Cowboy-Stiefel hallte in der schmalen Gasse, brach sich an den Wänden der idyllischen Häuser. Der heiße Motor knisterte und knackte in gleichmäßigen Abständen, bis es an Roberts Haustür energisch klingelte.

Lia-Mara sah ihn an, doch es war eher ein durch ihn Hindurchschauen. Sie war mit den Gedanken beim Gesagten und ließ jede einzelne Hirnwindung auf vollen Touren laufen. Doch sie kam einfach zu keinem brauchbaren Anhaltspunkt.

„Überlege dir doch noch mal ganz genau: Was hast du an den Tagen, bevor du das erste Mal bemerktest, dass irgendetwas nicht stimmt, außer der Reihe getan? Oder was hast du beobachtet? War da irgendwas, das nicht zum üblichen Ablauf passte?", flüsterte sie, aber ihr Flüstern war ein Befehl.

„Hm …, eigentlich nicht. Ich kann mich nicht erinnern, dass da was außer der Reihe passierte. Da war vor ein paar Wochen ein Termin beim Internisten, aber das hat ja nichts mit dem zu tun", antwortete Robert, nachdem er seine flüssige Masse im Kopf bis aufs Kleinste durchforstet hatte.

„Nein, da war nichts", bestätigte er nach einer längeren Gedankenpause.

„Und beim Arzt, fiel dir da etwas auf, was einen Hinweis geben könnte? Komm, überleg noch mal, da muss es doch was geben", ließ sie einfach nicht locker.

„Mädchen, du nervst! Es war nichts, und wenn du mich noch tausendmal fragst:

Daaa waaaar einfach nichts Außergewöhnliches. Punkt!"

Sie starrte ihn ernst an. Doch er hatte wahrnehmen können, dass sie ganz kurz grinste, wenn auch nur für eine Millisekunde, als sie die braun gebrannten Arme reckte und rotbraune Härchen auf ihren Unterarmen in der Sonne flimmerten, sich die Muskulatur unter dem fast durchsichtigen Stoff spannte.

Mein Gott, sie ist schöner denn je, schoss es ihm in diesem Augenblick urplötzlich durch den Kopf. Früher war sie eine spindeldürre, schlaksige Zicke, die immer das letzte, aber wirklich das allerletzte Wort haben musste.

Schlank ist sie immer noch. Doch konnte man durch die Kleidung, das türkisblaue, leichte T-Shirt, hindurch erahnen, dass sich darunter ein wohlgeformter Körper mit festen Brüsten versteckte. Und die stahlblauen Augen. Das in der Sonne feuerrot glänzende Haar mit dem Irokesenschnitt. Auf beiden Seiten kurz rasiert und der Mittelstreifen etwas länger gehalten, senkrecht wie ein mahnender Fingerzeig nach oben weisend. Nichts verdeckte ihre schöne, runde Kopfform und die etwas größere Himmelfahrtsnase unterstrich zusätzlich ihr freches „du kannst mich mal"-Aussehen. Robert stellte zu seinem eigenen Erstaunen fest, wie sehr ihm dieses extravagante, nicht einzuordnende Wesen gefiel. Anzog wie ein ultrastarker Elektromagnet.

„Lia-Mara, bist du verheiratet?", kam es unüberlegt über seine Lippen. Doch bevor er das letzte Wort ausgesprochen hatte, bereute er es auch schon.

Sie sah ihn im selben Moment kurz irritiert an.

„Das geht dich einen Scheiß an", schoss sie unvermittelt und sichtlich gereizt wie eine Giftschlange, die ihr Gift verspritzt.

„Willst dich an mich ranmachen, oder was? Starrst mich die ganze Zeit über schon an, als wäre ich vom anderen Stern. Hast noch nie eine Frau in Hotpants gesehen? Nicht, dass de jetzt gleich en Ständer bekommst, hirnloses Arschloch!"

„Äääahhhm, … nein. So ist das nicht, äähmm … war das nicht gemeint."

„Dann halt in Zukunft deine Klappe, und mache sie erst auf, wenn du gefragt wirst", schenkte sie ihm ein.

„Und kauf dir 'n Playboy, wenn de dich aufgeilen willst."

„Was wolltest du denn beim Arzt?", lenkte sie ohne Pause, als wäre nichts geschehen, zum Thema zurück.

„Ich wollte, ich äähmm …, wie soll ich's erklären …?", stakste er in seiner Verwirrung.

„Antworte einfach nur auf meine Fragen! Stottere hier nicht rum wie ein Kleinkind. Falls du es noch nicht bemerkt hast: Wir sind hier nicht mehr in der dritten Klasse Grundschule, fürchten uns vor dem Herrn Lehrer! Komm endlich in die Hufe, du taube Nuss!"

Und so berichtete Robert, dass er einen Aidstest machen lassen wollte. Doch wieder zu Hause angekommen hatte er Angst vor dem eventuellen Ergebnis und dessen Folgen. So rief er am nächsten Tag in der Arztpraxis an, um den Auftrag zu canceln.

Urplötzlich machte sich die Marotte, das untrügliche Zeichen, der juckende Handrücken, bemerkbar. Diesmal so heftig, dass sie sich regelrecht wund kratzte, bis schließlich ein paar hellrote Blutstropfen hervorquollen.

In seltenen Fällen paarte sich anschließend noch Nasenbluten hinzu und ihr Gehirn suggerierte ihr Bilder, die jedoch meist unscharf erschienen. Eine Art Flash-Back. So auch diesmal.

Unvermittelt kam zu den erblickten Bildern ein vager Gedanke in ihr auf. Jetzt, von einem Augenblick zum anderen, sah alles ganz anders aus. Es kam ein wenig Licht in die Finsternis. Und schon war Lia-Mara wieder mit Neugier geladen. Das kleinste Flimmern des Unbekannten brachte sie immer zu Höchstleistungen. Dies war ein Teil vom Lack, der sie zusammenhielt.

Kapitel 2

Seltsame Begegnung
Vier Wochen davor

Der steile Anstieg verlangte seinen Tribut, saugte Robert Rossi jedes Gramm Zucker aus dem Blut und seine Pumpe versuchte mit aller Gewalt, die Muskulatur zu versorgen.

Mindestens dreimal die Woche leerte Robert beim Joggen seine körperlichen und geistigen Speicher, versuchte sich von den Lasten des Alltages freizumachen.

Öflingen, ein Stadtteil der Gemeinde Wehr im südwestlichsten Zipfel der Republik, war auch diesmal sein Ausgangspunkt.

Am Waldrand stellte er wie gewohnt seinen alten, blauen BMW Kombi aus den Neunzigerjahren ab.

Der noch kalte Wind wehte an diesem Morgen von der östlich gelegenen Bergkette herunter, da die wärmenden Strahlen der Frühsonne durch den Bergrücken gestoppt wurden. In weiter Ferne, Richtung Schweizer Grenze, kräuselte Rauch von der Sonne beschienen in senkrechten Fäden in die Höhe.

Das erste Drittel der Laufstrecke verlief parallel zum dicht bewaldeten Ausläufer des Hotzenwaldes. Sie stellte keine großen Anforderungen an seine Kondition, beinhaltete nur kleinere Anstiege. Nach dem Fußballplatz Brennet folgte er dann dem Haselbachtal.

Wenn man im Sommer den Haselbach, dieses Rinnsal, betrachtete, war es kaum zu fassen, dass dies spärliche Wasser so eine enorme Kraft in sich barg, dass es die Fähigkeit besaß, ein so breites Tal auszufräsen und tief in den Berg hineinzufressen.

Der Waldweg wurde gesäumt von dichtem, hellgrünem Moos, hochaufragendem Farn und dem asiatischen Springkraut. In unseren Breiten sprießt das Springkraut noch konkurrenzlos und besitzt zudem eine schlechte Lobby, macht sich immer mehr breit. Dabei drängt es die heimische Pflanzenwelt immer weiter zurück.

Ja, ging es Robert durch den Kopf, das ist der Lauf der Zeit. Und wer weiß, vielleicht sind wir irgendwann in der Zukunft froh, dass sich dies robuste Gewächs mit seinen schönen rosa leuchtenden Blüten, die wir heute als Schmarotzer und Fremdling ansehen, hier ansiedelte.

Sind da etwa Parallelen zu den aktuellen Flüchtlingsfragen vorhanden, kam ihm unmittelbar in den Sinn und zauberte Robert ein verschmitztes Smiley-Grinsen ins Gesicht.

War es nach dem Zweiten Weltkrieg nicht auch so, als Millionen von Menschen bei uns Zuflucht gesucht haben und wir sie als Fremdlinge argwöhnisch betrachteten? Sie nicht duldeten, sie, die uns alles streitig machen wollten!

Und heute, heute fühlen sie, die inzwischen ein Großteil von uns ausmachen, sich einheimischer als die Alteingesessenen. Und pflegen und leben die uralten Traditionen intensiver als die, die sie einst nicht haben wollten, diese ungebetenen Kriegsflüchtlinge.

Doch genauso schnell, wie die Gedanken aufkamen, wischte Robert sie wieder aus seinem Kopf. Nahm unbewusst die mächtigen Lärchen, Fichten, Weißtannen, Rotbuchen und Co., die zu beiden Seiten des Weges weit ins Firmament hinaufragten, wahr.

Es schien, als stünden die Bäume im stetigen Wettkampf. Einer will den anderen überragen. Höher hinaus, wie bei uns Menschen, doch zum Unterschied geht es bei ihnen ums Licht, um die Fotosynthese, ums Überleben.

Der eindeutige Sieger, der Baum, der alles überragt, nennt sich Weißtanne. Auch wenn manche schlanke Esche versucht, ihn zu übertreffen: Fehlanzeige.

Die Hundertjährigen unter ihnen, deren Wurzelstock mehrere Meter Umfang misst und die meist mit grünem Moos überwachsen sind, verdeutlichen sichtlich diese Führungsposition. Die enormen Stämme, mit der hellgrauen Patina überzogen, unterstreichen dies ebenfalls. Bei einigen ist die alte Borke mit vielen Narben und schlecht verheilten Wunden übersät, die an rissige und runzelige Elefantenhaut erinnert, die von ihrem biblischen Alter zeugt.

Auch ihre Wipfel lassen auf ein bewegtes Leben schließen. Von Wind, Regen, orkanartigen Stürmen und eiskalten Wintern mit zweistelligen Minusgraden wurden diese Wipfel ausgedünnt. Viele muten an wie verbrauchte Reisigbesen. Und die, die in die Jahre gekommen sind, halten nach langem und intensivem Leben diesen Naturgewalten nicht mehr stand, obwohl ihr weitverzweigtes Wurzelwerk einst bombenfest verankert sich in der Mutter Erde krampfhaft festhielt.

Auch sie wollen wie wir Menschen an diesem irdischen Dasein auf immer und ewig festhalten. Doch irgendwann ist es Zeit, Zeit für alles in diesem Universum, dem Neuen, dem, was danach kommt, Platz zu bereiten.

Und so werden sie, wenn sie scheinbar nutzlos auf dem Waldboden liegen und vermodern, zum Lebensspender. Das meiste Leben befindet sich im fälschlich benannten Holz, dem Totholz.

Auf dieser Wegstecke machte Robert das Joggen besonders viel Spaß, er verlor sich im Hier und Jetzt. Wurde eins mit der ganzen Umgebung und erhielt als Lohn den würzigen Duft der ätherischen Öle, die die Bäume verströmten, und das Immunsystem jubilierte, wurde gestärkt. Dies wird heute mit dem schönen neudeutschen Wort „Biophilia-Effekt" umschrieben.

Dieses Idyll, mit seiner unermesslichen Artenvielfalt, sollte als Auffangbecken für ein geplantes Speicherkraftwerk überflutet, einfach ausgelöscht, weggewischt werden. Doch die enormen Kosten und die reduzierten Steuergeschenke des Staates ließen es nicht zustande kommen. So manch ein Naturliebhaber glaubt, dass der Geist der Natur hier seine Finger mit im Spiel hatte, indem er es verhinderte.

Plötzlich weitete sich der natürliche Baldachin, es wurde heller, und Robert überquerte auf der Wasserscheide den Günnenbach-Weg.

Ab hier wird die Welt wieder eine andere, eine aufgeräumtere. Dem geübten Auge des Naturliebhabers entgeht nicht, dass hier der Wald durch Menschenhand gelenkt wird. Wir Erdbewohner lieben die Ordnung, haben es gerne aufgeräumt, wollen nichts dem Zufall überlassen, und schon gar nicht, dass alles wild wuchert und wächst, wie es die Pflanzen seit Millionen von Jahren tun.

Der kleine alpine Pfad wand sich im dicht bewaldeten Berg steil nach oben.

Die unzähligen Spitzkehren, die teilweise über felsige Abschnitte führten, verlangsamten meist derart sein Tempo, dass Robert oft aus dem Tritt fiel und auf dem taunassen Fels ausrutschte.

An jenem Morgen aber war es mit seiner Fitness nicht weit her. Der stressige Tag davor und die durchgezechte Nacht ließen ihn spüren, dass er die zwanzig längst überschritten hatte.

Die Lunge und der Hals brannten wie Feuer und die Oberschenkel reklamierten bei jedem Schritt. Doch Robert gab dem inneren Schweinehund nicht nach, nein, das tat er grundsätzlich nie. Aufgeben war nicht seine

Sache. Robert war in diesen Dingen wie ein Pitbull. Einmal zugebissen lässt er nicht mehr los, selbst wenn du ihn totschlägst.

„Scheiße", schrie er voller Wut, rutschte auf dem nassen Laub aus und versuchte geistesgegenwärtig, sich mit den Händen abzufangen. Das hellrote, frische Blut rann in großen Tropfen über die verletzte Handinnenseite. Es schmeckt nach Eisen, schoss es ihm durch den Kopf, als er es mit der Zunge ableckte.

Außer Atem oben auf der höchsten Spitze, dem Röthekopf, angekommen presste Robert sämtliche verbrauchte Luft aus der Lunge in der Hoffnung, kein Seitenstechen einzufangen. Das Dröhnen im Kopf und in den Schläfen ignorierte er.

Vornübergelehnt, mit beiden Händen auf der Rückenlehne der alten Holzbank abgestützt, war eine der fünf Serien von jeweils zehn Liegestützen angesagt.

Danach kurzes Verschnaufen und ausgiebige Dehnübungen.

Roberts Kreislauf erholte sich immer sehr rasch, wenn sein Blick über den weit unter ihm liegenden Bergsee schweifte, der in alte Rotbuchen und Weißtannen eingebettet war.

Um diese frühen Morgenstunden verirrten sich nur wenige Besucher in diese Gegend. Die einzigen Laute, die hin und wieder in seine Ohrmuschel drangen, waren das Rauschen des Windes in den tanzenden Blättern der uralten Eiche neben der Holzbank. Sie schien seit Urzeiten den Ausblick von hier zu genießen. Ihr knorriger Stock, der wie ein Krebsgeschwür anmutete, fühlte sich glatt wie Babyhaut an.

Roberts Blick schweifte in die Ferne, nahm die unzähligen eleganten, in der Sonne silbern glitzernden Schleifen des Rheins wahr. Doch dann plötzlich wurde die stoische Stille für kurze Zeit durch den Acht-Uhr-Glockenschlag des Friedolin-Münsters in Bad Säckingen jäh unterbrochen.

Seinem geübten Blick entging es nicht, dass wieder einmal mehr ein Besucher sich mit breiten Lettern auf dem Stützbalken der muschelförmigen, nach vorne offenen Holzhütte auf dem Röthekopf verewigt hatte, wie schon Hunderte zuvor.

Wir Menschen ticken in solchen Gefühlsdingen eigenartig. Da reihen sich Aberhunderte von Namen inklusive Datum fein säuberlich, manche auch mit dem Messer eingraviert, neben- und übereinander. Jeder Quadratzentimeter Holz wird von den Besuchern fein säuberlich ausgenutzt. Ein seltsamer Wettbewerb!

Unten wieder angekommen durchschritt er den schmalen, dunklen Durchgang, der vor langer Zeit in den Fels gesprengt worden war, zum Bergsee.

Links und rechts ragten zerklüftete, mit Moos überwucherte Felsformationen Richtung Himmel. Der idyllische See lag wie in einem runden Vulkankegel eingebettet. Die Abhänge waren mit alten Bäumen dicht bewachsen.

Am Fuße des Scheffelfelsens, dessen Name mit den eingemeißelten Lettern dem Besucher entgegensprang, verweilte Robert wie immer für ein paar Minuten auf der rot lackierten Holzbank.

Beim Durchatmen schweiften seine Blicke über den märchenhaft anmutenden Bergsee. Die kleine runde, mit Bäumen übersäte Insel lag an jenem Morgen noch im Dunst eingehüllt und strahlte etwas Geheimnisvolles aus.

Auf der gegenüberliegenden Uferseite, rechts hinter der Insel, residierte das Gebäude des eingeschossigen alten Restaurants mit den davorliegenden, gut vertäuten Tretbooten.

„Twät, twät, twät", tönte es hinter Robert, riss ihn aus dem Gedankenstrom und erschreckte ihn.

Doch er konnte nichts entdecken, als sein Blick suchend über den Scheffelfelsen schweifte. Von der Neugier getrieben stand er auf und kletterte auf allen vieren den steilen Abhang neben dem Felsen rauf. Einen Augenblick verharrte Robert ruhig hinter dem dichten Haselstrauch, atmete kaum. Dann plötzlich sah er den Ruhestörer. Ein Kleiber, dessen langer, schmaler Schnabel dem eines Spechtes ähnelt, die rostbraun gefärbte Brust und das metallic-blaue Grau seines Gefieders glitzerten hell in der Sonne. Der Kleiber lief futtersuchend kopfüber den Fels runter, drehte dann jedoch und verschwand urplötzlich hinter dem nackten Felsen.

Vor lauter Anspannung nach der Suche des Ruhestörers bemerkte Robert nicht, dass sich in der

Zwischenzeit ein Mann mittleren Alters, mit sehr teurem Maßanzug bekleidet, auf der roten Holzbank niedergelassen hatte.

Dann, als der Fremde plötzlich anfing zu reden, wurde Robert auf ihn aufmerksam. Er hielt ein schwarzes Smartphone in seiner rechten Hand, während er mit der anderen freien heftig gestikulierte. Es drangen nur unverständliche, fremdländisch anmutende Wortfetzen zu ihm herauf. Robert wandte nur kurz desinteressiert den Blick auf den Fremden. Doch sein Unbewusstes störte irgendetwas am Aussehen des Schlipsträgers, konnte es aber nicht festmachen. Es war nur so ein unterschwelliges Bauchgefühl.

Wenn er jedoch genau hingesehen hätte, dann wäre ihm aufgefallen, dass dieser Unbekannte einen eiskalten Blick besaß und der muskelbepackte Körper nicht unbedingt einem intellektuellen, schlipstragenden Sesselfurzer entsprach.

„Knack", tönte es laut, als Robert auf einen dürren, trockenen Ast trat. Das dumpfe Knacken des trockenen Astes ließ den gut gekleideten und immer noch heftig diskutierenden Mann sofort verstummen, was Robert jedoch nicht bemerkte. Robert hatte sich wieder abgewandt, hielt suchend Ausschau nach dem verschwundenen Kleiber.

Der Unbekannte schnellte von der Bank hoch und ließ nervös seinen suchenden Blick in Richtung Robert schweifen, konnte ihn jedoch hinter dem grünen, dichten Haselstrauch nicht entdecken.

Lautlos und flink wie ein Wiesel schlich der durchtrainierte, schwarzhaarige Mann den Abhang hinauf. Er erblickte Robert, dessen Augenpaar suchend in die andere Richtung nach dem verschwundenen Vogel Ausschau hielt und der ihn dadurch nicht bemerkte. Der Fremde verharrte für einen kurzen Moment, drehte vorsichtig auf dem Absatz um und glitt wieder lautlos rutschend auf dem feuchten Laub nach unten. Ein kurzer Wortwechsel über sein Smartphone und schon verschwand er wie von Geisterhand verschluckt von der Bildfläche.

Nach ein paar Minuten gab Robert ergebnislos die Suche nach dem verschwundenen Piepmatz auf, rutschte ebenfalls den Abhang hinunter.

Er folgte dem Alfred-Haller-Pfad und musste höllisch aufpassen, dass er nicht mit dem Fuß umknickte. Dieser rote, zwanzig Zentimeter schmale Pfad erinnerte eher an eine Rinne als an einen Fußweg. Die Ränder waren stellenweise von Wildschweinen, die in der Dämmerung nach Leckerbissen suchten, regelrecht wie ein Acker umgepflügt. Und öfters musste Robert über Fichtenwurzeln springen, die sich wie gewundene Schlangen über den Weg ausbreiteten.

Der durchtrainierte, ominöse Mann klebte sich wie ein unsichtbarer Schatten an seine Fersen. Er notierte die Autonummer von Roberts schon in die Jahre gekommenen BMW Kombi, als dieser schweißüberströmt in den Wagen stieg und davonfuhr.

Im Vorhof zur Hölle
Lange Zeit zuvor

„Du hast sie getötet, duuuu ..., du bist schuld, dass sie nicht mehr lebt. Am liebsten würde ich ...", schrie Alfred Rossi voller Wut mit hochrotem Kopf, einer riesigen Zornesfalte quer über der Stirn, und die hervortretenden Adern schienen jeden Augenblick zu platzen, den Jungen an. Dabei fuchtelte er drohend mit seinen baggerschaufelgroßen, schwieligen Pranken vor dem Gesicht des eingeschüchterten Jungen wie ein wildgewordener Bienenschwarm herum.

Der neunjährige Robert Rossi stand verloren, in sich gekehrt mit gesenktem Kopf da und wagte kein Sterbenswörtchen auszusprechen. Er wusste zu genau, dies würde seinen Vater noch mehr auf die Palme bringen und er brutale Schläge mit dem nächstbesten, greifbaren Gegenstand einstecken müssen. Immer wenn sein Vater zu viel Alkohol intus hatte, spielte sich die gleiche Szene ab und, dies kam mindestens einmal die Woche vor, flippte er fast aus und ließ seine Wut, seine Unzufriedenheit an ihm, seinem Sohn, aus.

Robert biss so fest auf die Unterlippe, dass sie zu bluten begann. Dabei verkniff er sich mit aller Macht das Weinen, konzentrierte sich nur auf den Schmerz der aufgeplatzten Unterlippe, wartete, bis die Tirade vorbei war, und verzog sich in den Keller. Hier weinte und schluchzte er fast lautlos in sich hinein. Seine warmen Tränen der Ohnmacht tropften auf den nackten, nach Moder riechenden unbefestigten Naturboden. Der schmächtige Körper des Jungen vibrierte und zuckte vor Machtlosigkeit und Wut auf seinen Vater.

Nein, es war nicht die Wut auf seinen Vater, wie der Junge annahm, es war die Wut auf sich selbst.

Es war doch klar: Wegen ihm und nur wegen ihm war seine Mutter bei seiner Geburt gestorben. Er war schuld an allem, er alleine. So hatten mit den Jahren diese sich immer wiederholenden Schuldzuweisungen seines Vaters gefruchtet, sich im Kinderherzen so tief eingegraben, dass es genauso war, ist und immer sein wird.

Wie oft hatte er sich in solchen Situationen gewünscht, das Leben anhalten zu können, auf den Pausenknopf zu drücken und einfach zurückzuspulen. Doch dieser befreiende Knopf blieb nur Fiktion.

Und so wurde die Wunde des ungeliebten Kindes immer und immer wieder genährt und würde ihn lebenslang begleiten. Ein unbeliebter Begleiter.

Manchmal, wenn er allem überdrüssig den Druck nicht mehr aushielt, schwang er sich auf seinen alten, mit Rost übersäten Drahtesel und fuhr an den drei Kilometer entfernten Rhein.

In solchen Momenten verbarg er sich am liebsten im schützenden Schilf, das ihm wie ein Festungswall Deckung vor unangenehmen Belästigungen anderer bot. Hier direkt am Wasser, fernab vom Alltag tauchte Robert in seine eigene Welt ein, verschmolz förmlich mit der Natur.

Die in der Sonne grell schillernden Eisvögel, nervös umherfliegende Libellen, das Rauschen des Windes im trockenen Schilf, ein hin und wieder auftauchender neugieriger Schwan, das alles belebte seine Fantasie, befreite ihn für kurze Zeit von der harten und ungerechten Realität.

Im Sommer, wenn die Wassertemperatur über die Achtzehn-Grad-Marke stieg, ließ er sich gerne von der sanften Strömung flussabwärts tragen.

Doch beim Tauchen, tief unter der Wasseroberfläche, da wo die Sonne nur mit Mühe hingelangte, nur einzelne Strahlen wie goldene Fäden sichtbar wurden, fühlte er sich wie im Paradies. Hier spürte er das tiefe Schweigen, den stillen und lautlosen Raum. Den Frieden im Herzen. Hier gab es nur ihn und das Wasser, das seinen ganzen Körper sanft umhüllte, ihm eine Geborgenheit verlieh, die er so nicht kannte und doch so sehr vermisste.

In dieser Tiefe blieben seine Geheimnisse fest verschlossen und verborgen, keiner außer ihm hatte

Zugriff darauf. Hier unten gab es keine zerstörerische Kraft. Hier unten herrschte für ihn der Gipfel der Freiheit, sein ganz persönliches Paradies.

Seine Tante Josephine, eine strenge und tiefgläubige Christin vom alten Schlag, nahm sich des Jungen nach dem Tod der Mutter an, sodass Robert nur an den Wochenenden mit seinem Vater zusammen in dessen Haus verbrachte.

„Robert, du musst Buße tun! Gott um Verzeihung bitten, was du deinem Vater angetan hast. Gott verzeiht alle Sünden, wenn sie auch noch so schwerwiegend sind", mahnte sie ihren Neffen immer wieder. Ihr strenges Äußeres wurde durch das meist fettige, graue, zu einem Knoten gewickelte Haar und das inzwischen mit Falten überzogene, fahlgraue Gesicht verstärkt.

Die tiefen Furchen in ihrem Gesicht erinnerten an einen frisch gepflügten Acker. Die schon etwas wässrig gewordenen Augen, die einst pure Lust und Lebendigkeit versprüht hatten, waren inzwischen wie ein abgebranntes Feuer, das nur noch dünne Rauchfäden aufsteigen ließ und langsam, Stück für Stück, erlosch.

Josephines Garderobe bestand aus den Farben Schwarz, Schwarz und nochmals Schwarz, wurde nur durch Grau ergänzt. Aber nein, da gab es ja auch ein andersfarbiges Kleidungsstück: ihre himmelblaue Schürze, verziert mit knallroten Rosen. Und wenn sie diese überzog, dann freute sich Robert, strahlte über alle Wangen.

Josephine, die ausgezeichnete Köchin, zauberte aus allem ein königliches und wunderbar schmeckendes Mahl. Ja, da war Josephine unschlagbar; aus Nichts etwas Wunderbares auf den Teller zu zaubern.

Und sie kannte sämtliche Lieblingsgerichte ihres Neffen; Pfannkuchen mit Apfelkompott und Zimt oder die nahrhafte Knochenbrühe, bei der die Knochen bei niedriger Temperatur achtzehn Stunden lang bei kleiner Flamme ausgekocht werden.

In solchen wenigen Augenblicken vergaß Robert sein Leid und seine Augen strahlten wie helle Sterne am dunklen Nachthimmel.

Eine gute Nahrung wirkte bei ihm wie eine warme Umarmung von innen.

„Wohin gehst du schon wieder?", fragte sein Vater an den Wochenenden, wenn Robert Freunde besuchen und chillen wollte.

„Zuerst wird die Arbeit erledigt, und dann das Vergnügen", war Alfreds unumstößlicher Lieblingsspruch, und zu arbeiten gab es bei ihm immer etwas.

So wie mein Vater will ich nie und nimmer werden, dachte er in solchen Augenblicken, verzog dabei aber keine Miene. Er hatte gelernt, dass es das Beste war, ein Pokerface aufzusetzen und keinen Gedanken daran zu verlieren, dass das Leben oft wie ein beschissener Marathon sein konnte.

Kapitel 3

Das Erwachen

Wie eine zweite Haut klebte das nassgeschwitzte, rote Funktionsshirt auf seinem Rücken und das Hämmern in den Schläfen machte ihn fast wahnsinnig, trug nicht unbedingt zur Beruhigung bei. Und dann, zu allem Übel, paarte sich heftiges Seitenstechen hinzu.

„Scheiße, das hat mir gerade noch gefehlt", krächzte Robert Rossi nach Atem ringend, versuchte mit der rechten Hand den Schmerz wegzuwischen. Doch das Stechen in seiner linken Brustseite steigerte sich, fühlte sich inzwischen an wie eine Wundbehandlung mit Jod. Sein Pulsschlag schnellte stakkatoartig nach oben, bewegte sich in einer so hohen Frequenz, dass Robert das Gefühl nicht loswurde, sein Herz müsse jeden Augenblick zerspringen.

Instinktiv, durch sein Unterbewusstsein gewarnt, drehte er sich um.

Doch zu spät!

Ein Sternenregen hinter den geschlossenen Lidern kündigte für eine Millisekunde den tiefen Schlaf an, in den er unfreiwillig geschickt wurde.

Die hühnereigroße Beule auf dem rechten Jochbein, verursacht durch den Schlag mit dem Gummiknüppel des Verfolgers, nahm er schon nicht mehr wahr.

Roberts lebloser Körper schlug ungebremst, kaum hörbar, wenig unterhalb der Röthekopfhütte in der Nähe des Bergsees wie ein nasser Sack mit einem dumpfen Schlag auf dem Waldboden auf. Der Bewusstlose rutschte ein paar Meter den mit Moos und Laub bedeckten steilen Abhang hinunter, wurde dann schlagartig unsanft durch den mächtigen Stamm einer uralten Fichte jäh gestoppt.

Der hünenhafte Verfolger durchsuchte seelenruhig mit seinen massigen Händen Roberts Taschen. Anschließend wuchtete er mit ein wenig Schwung mühelos den schlaffen, leblosen Körper über seine Schulter. Roberts Kopf, besser gesagt das Gesicht, schlug bei jedem Schritt mit voller Wucht gegen den breiten, harten Rücken des Unbekannten.

„… Ahhh, … mein Kopf, … wo … wo … wo bin ich, … was ist geschehen?", murmelte Robert orientierungslos. Sein Kopf hämmerte wie ein Presslufthammer. Er konnte sich an nichts mehr erinnern. Als er nach oben schaute, drehten sich die hohen, dunklen Fichten vor seinen Augen und ein Brechreiz wie nach einer durchzechten Nacht machte sich breit.

„Du bist ausgeknockt worden, mein Lieber. Zum Glück hast du nicht so viel in der Birne, kann also keinen großen Schaden angerichtet haben", bemerkte Lia-Mara, die neben ihm kniete, während er mühsam versuchte, sich langsam aufzurichten.

„Nach Späßen ist mir im Moment wirklich nicht zumute. Dieses teuflische Pochen im Schädel macht mich noch wahnsinnig und …", er konnte den Satz nicht mehr beenden. Robert drehte den Kopf ruckartig zur Seite und übergab sich mit lautem Würgen und einem Schwall Unverdautem gleich zweimal hintereinander auf den Waldboden. Die Kotze hinterließ einen bitteren, beißenden Nachgeschmack in seinem Mundraum. Mit dem Shirt versuchte er den breiigen, gelben und übel riechenden Sud aus den Mundwinkeln zu wischen.

Was heißt da „macht wahnsinnig", flitzte ihr der belustigende Gedanke in Windeseile durchs Hirn. Doch die Ratio brachte Lia-Mara ebenso schnell zum Schweigen. Sie wollte nicht noch mehr Öl ins Feuer gießen.

„Wer ist denn der da?", krächzte Robert erstaunt und deutete auf den regungslos auf dem Waldboden liegenden Mann neben sich. Der auf dem Rücken liegende Unbekannte mit leichter Sportkleidung gab keinen Mucks von sich, lag leblos da. Nur bei sehr genauem Hinsehen nahm man wahr, dass der Sensenmann sich noch Zeit gelassen hatte.

„Keine Panik, dem musste ich 5 Milliliter hiervon injizieren. Das Zeug lässt den brutalsten Gangster wie ein kleines Kind labern, damit kannst du wirklich alles, aber auch alles erfahren. Echt geil, dieses Zeug. Und das Schöne daran: Es wirkt hinterher wie ein Radiergummi im Hirn, wie eine Droge", bemerkte Lia-Mara grinsend und demonstrierte eine kleine Spritze, „aber aufgepasst, das ist keine Garantie. Eine Farbe, ein Geruch, ein Geräusch, also nur ein kleiner Anknüpfungspunkt, und schon ist das alte, unterdrückte Wissen wieder da", plätscherte es geschwollen wie aus einer sprudelnden Quelle aus ihr.

„Doch das interessiert uns dann nicht mehr", fügte Lia-Mara keck hinzu.

„Aber ich weiß immer noch nicht, was hier abläuft, verdammt noch mal", reklamierte Robert, der sich schon wieder etwas wohler in seiner Haut fühlte.

„Okay, okay … du bist von dem Typen niedergeschlagen worden und er war gerade dabei, dich zu seinem Auto zu schleppen und eventuell zu entsorgen. Aber ich glaube, es ist besser, wenn ich dir das Ganze erkläre:

Seit ein paar Tagen bin ich dein persönlicher Schatten und …"

„Was, du überwachst mich, bist du denn völlig bescheuert?"

„Mach mal halblang, Hirni, du willst doch meine Hilfe, oder nicht?" Sie hielt kurz inne, fuhr dann weiter mit der Erklärung.

„Und ja, zu deiner Beruhigung, es ist so, wie du angenommen hast. Du wirst ausspioniert und der Typ hier neben dir wollte dich wahrscheinlich entführen. Ich bin euch beiden gefolgt und habe ihn hier, genau an dieser Stelle, kurz ausgeknipst, als er dich wegschleppte. Der Typ konnte mich nicht sehen, er hatte dich über die

Schulter gehievt, und der steile Abhang forderte seine ganze Aufmerksamkeit und Kraft", klärte Lia-Maria ihn auf.

„Aber warum sollte mich jemand entführen?", äußerte Robert irritiert.

„Bei mir ist keine Kohle zu holen", gab er mit Unverständnis, wie ein widerspenstiges kleines Kind, von sich.

„Deshalb löste ich ihm ja die Zunge, machte ihn mit der Spritze gesprächig."

„Ja und? Raus damit! Was haste erfahren?", drängelte Robert erwartungsvoll.

„Eben nichts! Das ist ja die Kacke. Nur ein ‚IQ-loser Handlanger', hat mir von seiner Geliebten und seinen Sexproblemen erzählt, der Depp. Sollte lieber mal ein paar von den blauen Pillen einwerfen."

Über das Tattoo, eine schwarze Spinne mit den im Spinnennetz eingeflochtenen Initialen A.N. auf seinem Unterarm, verlor sie bewusst kein Wort.

„Ich verstehe einfach nicht, warum es auf mich jemand abgesehen haben sollte, gibt wirklich keinen Grund dafür, nicht den kleinsten. Das Ganze ergibt echt keinen Sinn!", beteuerte er inständig, um sich selbst zu beruhigen.

„Na, wer weiß, hast vielleicht Nachbars Frau gevögelt."

„Ja, und was machen wir jetzt mit dem da?", bohrte Robert mehrmals ratlos, als er wieder, noch etwas unsicher, auf den Beinen stand, nach.

„Nichts! Der wacht in einer halben Stunde wieder auf und kann sich an nichts mehr erinnern. Alles weg, einfach alles. Sein Therapeut würde ihm sicherlich für diese Sitzung ein ordentliches Honorar abknöpfen. Ich hab ihm eine kostenlose Sitzung geschenkt, bei der er in nur einer Sitzung alles vergessen hat", gab sie lästermäulerisch von sich. „Bin ich nicht sozial eingestellt?", hob sie den Kopf an wie eine Diva und verdrehte dabei die Augen nach oben.

Die heiße Spur

Sie saß in einem dunklen Raum und die einzige Lichtquelle produzierten die unzähligen Monitore. Dieses blasse Licht und das leise Rauschen der Computerventilatoren verpassten dem Zimmer eine sterile, lieblose Krankenhausatmosphäre. Doch das störte Lia-Mara nicht im Geringsten. Im Gegensatz zur Masse der Menschen fühlte sie sich umgeben von den vielen Geräten geborgen. Das war ganz und gar nach ihrem Gusto. Hier war sie Chef, niemand stellte sie infrage, alles tanzte nach ihrer Pfeife. Und warum sie so fühlte, interessierte sie nicht, nein, nicht die Bohne. Psychologie war für sie eine Erfindung von ein paar wirren Köpfen, die sich selbst gerne ins Rampenlicht rücken.

Sie wohnte alleine, am Waldrand in einem alten Forsthaus an der Peripherie von Lörrach im Wohngebiet Altig. Dieses in die Jahre gekommene, aus Naturstein gemauerte Haus mit seinem verspielten Erker und etlichen Ausbuchtungen besaß eine Seele, zog jeden Betrachter in seinen Bann. Ein Jägerzaun grenzte jedoch die Außenwelt vor ihm ab. Besucher waren hier nicht willkommen, diese gab es auch so gut wie nie. Lia-Mara ließ niemanden freiwillig an und schon gar nicht in ihr Heim herein. Selbst die Postboten hielt sie durch den am Eingangstor des Jägerzauns montierten Briefkasten fern von ihrem Domizil.

Das Wort „volle Hütte" kannte sie nur aus Google.

Klamotten und Lebensmittel besorgte für sie das „Internet der Dinge", die Vernetzung von Maschinen und Geräten. Die Bestellung von fehlenden Lebensmitteln meldete der vernetzte Kühlschrank online ohne ihr Zutun. Für gelieferte Ware wurde auf der rechten Seite neben dem Eingangstor ein Aluminiumschrank mit einer Wippe installiert. Diese beförderte das abgelegte Gut ins Innere des Behältnisses und verwahrte es sicher vor fremdem Zugriff.

Der einst mit Liebe gepflegte, reichlich blühende Bauerngarten hinter dem Haus war nur noch schwach zu erahnen, wurde sich selbst überlassen. Wenn Lia-Mara darauf angesprochen wurde, was äußerst selten vorkam, dann bezeichnete sie dies als Renaturierung. Hohes Gras und Stauden überwucherten inzwischen alles. Aber das war ihr nur recht, schützte sie zusätzlich vor fremden, neugierigen Blicken, wenn sie ausnahmsweise einmal bei unerträglicher Hitze auf der Holzbank im Schatten des Hauses saß und Abkühlung suchte. Das Anwesen hatte ihr Opa Gottlieb hinterlassen, der einst als Bezirksförster und ebenso passionierter Jäger hier seine irdische Berufung gefunden und ausgelebt hatte.

Das Haus selbst war spärlich eingerichtet. Nachdem der Opa verstorben war, hatte Lia-Mara das Anwesen entrümpelt. Der alte Küchentisch mit seiner dicken, rötlich schimmernden Elsbeerholzplatte und zwei Stühle aus demselben Material waren die einzigen Relikte aus der Opa-Gottlieb-Ära, der Rest musste sich wohl oder übel einen neuen Besitzer suchen.

Der baufällige Holzschuppen direkt neben dem Haus diente als Garage für den Ford Mustang und eine wunderschöne, weiße Triumph Daytona 955i. Dieses messerscharfe Gerät, die vollverkleidete Sportmaschine, ritt Lia-Mara nur bei Temperaturen über zwanzig Grad. Das Motorrad mit seinen 219 Kilogramm fuhr sich nicht ganz so leichtfüßig wie ein Fahrrad, doch das Ding drehte wie wahnsinnig aus dem Drehzahlkeller heraus. Und wenn ihre rechte Hand den Gasgriff voll aufriss, stellten sich sämtliche Körperhaare auf und der turbinenartige Sound sorgte für übergroße Dosen reinster Adrenalin-Ausschüttungen, machte sie fast wahnsinnig.

Das was sie auf dem Bildschirm sah, entlockte ihr ein zuckersüßes Lächeln, das nicht einmal dick macht und auch nicht die Zähne angreift. Eine innere Zufriedenheit durchfuhr sie. Lia-Mara blätterte voll konzentriert jede einzelne Patientenakte durch.

In kürzester Zeit waren sämtliche Sicherheitsmechanismen überwunden. Es war fast ein Kinderspiel, auf den Server des Arztes in Wehr zu gelangen.

„Diese Hirnis sichern alle mit derselben billigen Software ihr Netzwerk", nuschelte sie abwertend, überheblich zufrieden und selbstverliebt. Sie bewegte die Maus, schob den Pfeil auf eine Datei und öffnete sie mit einem Doppelklick. Und schon flimmerte die Krankenakte von Robert auf dem Bildschirm.

„Hm, oft krank biste ja nicht, Hirni! Nur ein paar Rezepte und öfters Rücken- und Magenprobleme. Aber hallo, was haben wir denn hier, da sind ja öfters Beruhigungsmittel verschrieben worden. Für was du die wohl einwirfst, du hast doch wohl keinen Stress, mein Junge?"

Aber was soll dieser Vermerk hier?, durchfuhr es Lia-Mara urplötzlich:

Vorsicht: Blutuntersuchung Code 400b

Mit dieser Information versorgt stand sie auf, ging vor die Tür, Beine vertreten und frische Luft schnappen.

Ist ein spezieller Code, dachte sie, musste jedoch nicht lange rumrätseln. Ihr Gehirn war in der Lage, in kürzester Zeit hochkomplexe rechnerische Leistungen und Kombinationen durchzuspielen. De facto bemerkte sie ihre Leistung erster Güte gar nicht mehr, sie kannte sich nur so und konnte nicht verstehen, dass Normalo anders gestrickt ist.

Um jedoch das genaue Resultat der Untersuchung zu bekommen, versuchte sie das System des Labors MedDiagnostic GmbH Mannheim, das mit der Blutanalyse beauftragt worden war, zu hacken.

„Scheiße! Diese Vollidioten, müssen gerade sie die neueste Generation Cybersicherheit installiert haben, diese scheiß Firewall verwenden", fluchte sie laut, und man hatte das Gefühl, sie sprach mit dem Monitor. Dem Übeltäter, der das System so sicher von außen abgeschirmt hatte, sicherer als Fort Knox, wünschte Lia-Mara Pest und Krätze, mit starkem Nachdruck. Schlug gleichzeitig kräftig mit der Faust auf den Schreibtisch, dass die Tastatur Hochsprung übte.

Wenn sie in ein fremdes Netzwerk erfolgreich eindrang, sah sie sich niemals als Cyberkriminelle. Hinterließ, nachdem sie die benötigen Informationen erhascht hatte, jedes Mal anonym einen Kommentar mit dem Hinweis, dass dieses Netzwerk keine Sicherheit nach außen bot.

„Danke für den einfachen Zugriff auf Ihr Netzwerk. Ihr externer Sicherheitsbeauftragter."

Kapitel 4

Unverhoffte Liebe
Jahrzehnte zuvor

„Irgendetwas stimmt nicht mit mir", reflektierte Robert niedergeschlagen seinem Freund Malte.
„Wie kommst du denn auf den absurden Gedanken?"
„Na ja, jedes Mal, wenn ich eine Frau kennenlerne, dauert es nicht lange, bis das seltsame Gefühl in mir aufkommt, ich könne sie nicht richtig lieben."
„Quatsch mit Soße, und sonst biste noch ganz sauber? Mannomann, musste eigentlich immer alles komplizierter sehen, als es ist?", fragte Malte mit tierisch genervtem Gesichtsausdruck.
„Malte, ich kann's auch nicht so recht benennen. Habe einfach das Gefühl in mir, dass mit mir was nicht stimmt."
„Das kannst du laut sagen. Du bist einfach bescheuert! Wenn ich bloß an letzte Woche denke, hast das geile Stück aus der Disco einfach abserviert und dich heimlich verdünnisiert. An deiner Stellte hätte ich die Tussi mit den herrlichen Möpsen flachgelegt."
„Wenn man verliebt ist, müssten eigentlich die ganze Zeit über die Schmetterlinge in der Bauchgegend Freudenflüge vollbringen. Scheiße, bei mir Fehlanzeige. Nach spätestens zwei Wochen mache ich mir Gedanken,

ob ich wirklich mit dieser Frau auf immer und ewig zusammenleben kann."

„Mann, Mann, Mann … typisch Robert Rossi! Schalte doch endlich mal deine Verdickung auf dem Hals aus", belehrte ihn Malte und lachte lauthals heraus.

„Da gibt es gar nichts zu lachen. Ich habe einfach Angst, dass ich niemanden richtig lieben kann, und du Arsch machst dich lustig über mich. Toll, du bist wirklich ein echter Freund, nimmst mich nicht ernst. Benimmst dich wie ein kindischer Sack, und das im fortgeschrittenen Alter von neunzehn, einfach super!"

„Hi du, auch schon so früh unterwegs?", fragte die schlanke Joggerin Robert.

„Nur der frühe Vogel pickt den Wurm", kam es locker-flockig und schnell wie aus der Pistole geschossen über seine Lippen.

„Ja, herrlich. Noch niemand unterwegs, du hast die ganze Natur nur für dich alleine."

„Finde ich auch, doch ich muss mich immer überwinden, am Wochenende so früh aus den Federn zu springen", bekannte Robert.

„Sorry, Jasmin", sagte sie außer Atem, streckte die Hand aus. Der Schweiß tropfte ihr von der Stirn und über ihrem Kopf dampfte es von der aufsteigenden, entweichenden Körperwärme. Selbst im Frühsommer konnte es um diese frühe Zeit auf dem Dinkelberg im südwestlichen Schwarzwald noch unangenehm kalt sein.

„Freut mich, Robert", erwiderte er ein wenig schüchtern, als sie für längere Zeit Augenkontakt hielt.

„Ich würde gerne weiterlaufen, sonst kühle ich aus. Wenn du nicht allzu sehr aufs Tempo drückst, können wir ja zusammen laufen."

„Okay, sehr gerne", antwortete er ruhig, trabte gemäßigt neben ihr her. Doch sein ganzer Geist war in Aufruhr:

Jetzt nur nichts falsch machen, sie nicht volltexten, einfach locker bleiben, meldete sein Kleinhirn dem Großhirn.

„Läufst du öfters hier?"

„Ja, jedes Wochenende, und du?", gab er die Frage zurück.

„Mit wenigen Ausnahmen auch. Wahrscheinlich haben wir verschiedene Zeiten, sonst wären wir uns ja schon mal begegnet."

„Muss wohl so sein", bestätigte er und betrachtete Jasmin von der Seite. Ihre etwas stärkere Nase gab dem gleichmäßigen Gesicht irgendwie ein keckes, freches Aussehen, machte sie interessant. Die Haare wurden durch die rote Strickmütze verdeckt und somit kamen ihre großen, hellblauen Augen voll zur Geltung.

„He, Robert, was fixierst du mich so?", riss sie ihn lachend aus den Gedanken.

„Ähh … neiiin, tu ich doch gar nicht", kam es verlegen über seine Lippen, und er musste selbst über sein Verhalten kichern.

„Eigentlich schade", wechselte sie das Thema, „zu zweit laufen bringt echt mehr Spaß."

„Und der Druck, sich aus der Kiste zu schwingen, ist auch nicht zu unterschätzen", kommentierte Robert. „Bei mir geht es aber immer nur an den Wochenenden", fügte er hinzu.

„Genau, wem sagst du das, Robert", bestätigte Jasmin ihn.

„Und, was machst du sonst so?"

„Nicht allzu viel, studiere Chemie in der Schweiz, in Muttenz, und in den Semesterferien bin ich der beste Taxifahrer im ganzen Landkreis Waldshut."

„Angeber! Dass ich auch immer auf solche Angebertypen treffen muss", lästerte sie genussvoll.

„Was hast du gesagt? Zurzeit höre ich nicht gut auf dem Ohr", gab er grinsend zurück.

In diesem kurzen Augenblick wurde für beide die Weiche des Lebens neu gestellt. Der unverbrauchte Tag atmete den süßen Duft der Liebe aus, sie mussten, ob sie wollten oder nicht, ein Herz voll inhalieren. Es gab kein Entrinnen.

„Wow, wow, yeah, yeah", kreischte Robert archaisch, als er in seinem rostigen, klapprigen, aber bezahlten Renault nach Hause kutschierte. Gleichzeitig schlug er mit beiden Händen wie wild auf das Lenkrad ein. Seine Ohren pfiffen vom lauten Geschrei und alle Hormone tanzten den Tanz des Glücklichen, überfluteten noch Stunden danach seinen ganzen Körper.

Sie hatten ihre Telefonnummern ausgetauscht und beide hingen wie ein Fisch fest am Haken der Liebe, an einem Haken mit mehreren Widerhaken, von dem sich Verliebte nicht lösen können.

Irgendwie sahen diese vielen, sich durcheinander bewegenden, farbigen Punkte auf dem See deplatziert aus. Normalerweise herrschte hier auf dem wunderschön von der wilden Natur umgebenen und in die dunklen Fichten des Schwarzwalds eingebetteten Schluchsee wenig Betrieb, die Ruhe dominiert. Doch an diesem herrlichen und windigen Sommertag nutzten Massen von Surfern, Seglern und Sonnenanbetern dies Traumwetter und frönten ihrem Hobby.

„Ich kann es beim besten Willen nicht verstehen, dass etliche Menschen ihr altes Leben zurückhaben wollen", bemerkte Robert und schaute abwesend dem bunten Durcheinander auf dem Wasser zu.

„Was willst du damit sagen, Robby?", fragte Jasmin. Sie lag entspannt auf der farbig gemusterten Picknickdecke und beobachtete die vom Wind getriebenen, schnell dahinziehenden Wolkenfetzen.

Inzwischen waren zwei Jahre ins Land gezogen seit ihrem ersten Zusammentreffen.

Wie ein Blitzschlag, unverhofft und aus heiterem Himmel, hatten sie damals die Macht ihrer gegenseitigen Liebe auf Anhieb gespürt. Das Schicksal hatte zwei gleichschwingende Seelen zusammengeführt. Und schon nach einem halben Jahr richteten sie die gemeinsame Wohnung liebevoll ein. Jasmin bestritt jedoch den größeren Anteil am Lebensunterhalt, finanzierte ebenso einen nicht zu verachtenden Teil Roberts Studiums mit.

Kurz nach dem Studienabschluss folgte das Jawort „für immer und ewig".

Weder Jasmin noch Robert konnte sich ein Leben ohne den anderen vorstellen.

Amor hatte gleich einen ganzen Köcher voller Liebespfeile gnadenlos auf sie abgefeuert.

Robert arbeitete inzwischen in Basel für einen multinationalen Konzern und sein ansehnliches Einkommen ermöglichte ihnen, ein überaus angenehmes Leben zu führen.

Die unterdessen verstorbene Tante Josephine vermachte Robert ihr Haus, das das Paar nach längerer Umbauphase nun bewohnte.

„Wenn jemand zum Beispiel eine negative Erfahrung macht, will er danach meistens sein altes Leben zurückhaben", erläuterte er, wandte den Blick von der spiegelnden Wasseroberfläche zu ihr.

„Und, was sollte daran nicht gut sein, Robby?"

„Veränderung bringt uns vorwärts und nicht das Zurück zum Alten." Bei seiner Erklärung schwang keine Belehrung, keine Überheblichkeit mit. Ganz im Gegenteil. Bei ihren Gesprächen rangen sie nicht um

Anerkennung, sondern einfach nur um einen Gedankenaustausch.

„Also willst du demnach auch nicht in dein altes Leben zurück?", gab sie mit einem grinsenden Honigkuchengesicht von sich.

„Und ob ich dies oft möchte", neckte er.

„Hab ich's mir doch gedacht, du Schuft", rollte sich im selben Augenblick auf ihn drauf, schaute ihm tief in die Augen und küsste ihn, bis er nach Luft japste.

„Meinst du wirklich, ich würde die Hölle dem Himmel vorziehen?", fragte er ketzerisch. „Nie und nimmer. Du bist das Beste, was mir in meinem ganzen Leben je unterkam. Ein Tag ohne dich ist wie ein Tag ohne Sonne. Mein ganzes Leben lang habe ich auf dich gewartet! Mein Leben hat durch dich einen Sinn, eine Wende zum Guten bekommen."

„Danke, ich liebe dich!", dabei lief ihr eine kleine, warme Träne der Freude über die Wange. „Schön, dass es dich gibt", fügte sie unvermittelt hinzu, und sie küssten sich innig wie ein frisch verliebtes Paar. Kein begieriges Küssen, kein Küssen, das nach Sexualität lechzte, es war ein verschmelzendes, bejahendes Küssen.

„Was grinst du denn so, machst dich wohl lustig über mich?", fragte Jasmin, während sie unersättlich auf dem nächsten Bissen kaute.

An diesem herrlichen Sonntagmorgen richteten sie eilig ihre Badesachen und ein paar Sandwichs und fuhren zum Chillen an den See.

Das kalte Wasser und die frische Luft sorgten für mächtigen Hunger und nun saßen sie, durch den starken Wind etwas frierend, ausgepowert auf der Decke, betrachteten gedankenversunken das wilde Treiben auf dem Schluchsee.

„Ach, ich habe mich gerade daran erinnert, als wir das erste Mal miteinander schliefen."

„Und was gibt's da zu grinsen, du Nimmersatt?"

„Na ja, wir saßen ein klein wenig verlegen in deinem Wohnzimmer, drucksten rum. Keiner von uns beiden wagte den ersten Schritt. Und aus heiterem Himmel hast du dann befohlen:

Los, zieh mal deine Hose aus, will sehen, wie du ohne sie aussiehst."

Das herzhafte Lachen der beiden hallte über den See und einige der Badegäste in ihrer Nähe schauten mit verständnislosem Gesicht zu ihnen hin.

„Verkohlst du mich auch nicht? Ist das wirklich wahr?", fragte Robert mehrmals ungläubig hintereinander.

„Kannst dich beeeruuuuhhhigen … Robby. Jaaa, … du wirst Vater."

Robert wusste nicht, was er darauf antworten sollte. Vor lauter Freude war er sprachlos, stand für einen kurzen Augenblick wie paralysiert vor Jasmin. Freudentränen liefen ihm übers ganze Gesicht und tropften auf den Dielenboden in der kleinen Küche.

Dann, als wäre der Groschen gefallen, machte Robert einen Satz nach vorne und umarmte sie. Jasmin spürte die warmen, feuchten Tränen an ihren Wangen und konnte seine Erregung spüren. Er küsste sie zärtlich auf die Stirn.

„Das ist das schönste Geburtstagsgeschenk meines Lebens. Danke, Schatz", hauchte er liebevoll. Jasmin wusste schon seit einigen Tagen, dass sie in anderen Umständen war, wollte es ihm aber erst zu seinem vierundzwanzigsten Geburtstag als besondere Überraschung mitteilen. Und dies war mehr als gelungen. Wie ein Honigkuchenpferd, stolz wie Harry, strahlte er Jasmin an.

Beide wünschten sich von ganzem Herzen ein Kind. Ein Kind der Liebe, das das Familienglück vervollständigte.

Die traurige Kindheit Roberts trat immer mehr in den Hintergrund, hatte schon längst keinen Raum mehr. Das unsagbare Glück und die Liebe dieser Beziehung, jetzt gekrönt durch ein Kind, nahm dem unangenehmen Schatten fast die ganze Macht. Alleine durch die Anwesenheit von Jasmin wurde der Beat seines Lebens in neue Sphären getrieben, ließ seinen gesamten Körper mit einem Wohlgefühl durchfluten, das seinesgleichen suchte, das die große Masse der Menschen jedoch nie finden wird.

Robert entlastete Jasmin in jeder Hinsicht, übernahm oft gegen ihren Willen Arbeiten im Haushalt, um sie zu schonen.

„Robby, schwanger sein ist keine Krankheit und ein Kleinkind bin ich auch nicht", gab sie ihm oft liebevoll zu verstehen.

„Vorsicht, Jasmin, die feuchten Stufen sind …" Er hatte den Satz nicht beendet und schon polterte sie Kopf voraus die lange Holztreppe bis ins Erdgeschoss, wie ein Schlitten auf dem Schnee nach unten. Der Kopf schlug mit der Geschwindigkeit eines Geschosses mit einem dumpfen Knall auf jeder Stufe auf und wurde vom grauen Plattenboden im Flur jäh gestoppt. Das Blut rann Jasmin zähflüssig in kleinen, dunkelroten Fäden aus den Mundwinkeln. Der Kopf lag in einer unnatürlichen, zu weit nach hinten abgewinkelten Position auf dem kalten Flurboden.

„Rrrobby …", hauchte sie mit letzter Kraft, und ihre Lippen bewegten sich dabei kaum. Er kniete neben ihr, hielt ihren Kopf vorsichtig in beiden Händen, war starr vor Schreck und wagte sich nicht zu bewegen.

„Verspreche …", nach jedem Wort folgte eine grausame Pause und man spürte die Anstrengung, den Überlebenskampf, „mir, … dass du dich …", nach jedem Atemzug entwichen ihr Blutblasen aus Mund und Nase, „ … Kind …", dann durchzog ein kurzes Zittern ihren Körper und der letzte Lebensgeist war entwichen.

Ihre Seele spannte die Flügel aus und flog direkt ins Nirwana. So stellte der herbeigeeilte Unfallarzt nur noch den Tod, verursacht durch ein gebrochenes Genick, vor Ort fest.

In diesem Augenblick war Robert nicht fähig, auch nur etwas zu fühlen, sein Herz war leer.

Die tote Jasmin wurde unmittelbar mit Blaulicht ins Städtische Krankenhaus Lörrach überführt, um das ungeborene Kind zu retten.

„Es tut mir schrecklich leid, aber Ihr Kind war einfach noch nicht überlebensfähig", versuchte der Chirurg dem weggetretenen Robert zu erklären. Doch kein normal fühlender Mensch begreift die harte, ungerechte Realität in solch einer Situation, in einer Situation, wenn einem das genommen wird, was einem am nächsten steht.

Dies Höllenfeuer versucht zuerst die Seele, dann den ganzen Körper aufzufressen.

Aranha Negra

Ihre Recherchen nach dem Spinnentattoo gestalteten sich harziger als angenommen. Nachdem Lia-Mara sich mehrere Nächte um die Ohren geschlagen und mehrmals in eine Sackgasse manövriert hatte, ließ sie ihre alten, internationalen Verbindungen aufleben. Mit deren Hilfe fand sie heraus, dass das Tattoo das Symbol der Aranha Negra, der Schwarzen Spinne, darstellte.

Dahinter verbarg sich eine brasilianische kriminelle Organisation aus Sao Paulo, die weltweit operierte. Die Millionenstadt bot mit ihren krassen Gegensätzen zwischen Arm und Reich ein ideales Ausbreitungsgebiet mit genügend personellen Ressourcen aus den Favelas. Die laxen Waffengesetze, korrupte Beamte und schmierbare Behörden bildeten den idealen Nährboden für die Aranha Negra in Brasilien. Die teilweise durch organisierte Kriminalität unterwanderten staatlichen Strukturen stellten gerne ihre Ampeln gegen harte Währung auf grün.

Die Organisation unterlag einer straffen Führung durch ein Oberhaupt, dem die drei Bereichsleiter Auftragsmorde, Drogenkriminalität, Entführung und Erpressung untergeordnet waren. Die Aufnahme unterlag festgelegten Regularien sowie einem Abstimmungsverfahren durch die zweite Organisationsebene. Ohne einen Fürsprecher, der auch die Verantwortung für das neue Mitglied übernahm, war ein Eintritt unmöglich.

Jedem Mitglied wiederum wurden zwei Paten zugeordnet, die bei familiären Notfällen aktiv wurden und diese unterstützten. Zum Aufnahmezeremoniell gehörte auch der Schwur auf die Einhaltung der fünfzehn Grundregeln, die bei Missachtung mit dem Tode bestraft wurden.

Lia-Mara nahm sich den Bereich Entführung und Erpressung zur Brust, doch die Firewall erwies sich als unüberwindbar. Dies beflügelte sie umso mehr, brachte sie zu Höchstleistungen.

Das System der Organisation wies wie die meisten komplexeren EDV-Systeme dieselben Schlupflöcher, hervorgerufen durch den Einsatz von drei verschiedenen, nicht aufeinander abgestimmten Sicherheitsprogrammen, auf.

Nachdem sie die Sicherheitsbarriere ausgeschaltet hatte, wurde sie unter „Extorsao" Erpressung fündig.

Die Organisation Aranha Negra betrieb eigene Spielcasinos und exklusive Hostess-Agenturen. Lia-Mara stellte fest, dass diese hauptsächlich von der Oberschicht und ausländischen Führungskräften beansprucht wurden.

Lia-Maras Fantasie überschlug sich bei dieser Erkenntnis und zauberte ihr augenblicklich ein teuflisches Grinsen ins Gesicht.

Zu ihrem Erstaunen wurden die Organisationspläne und Projekte feinsäuberlich geführt.

Lia-Mara hätte nicht einmal in ihren kühnsten Träumen angenommen, dass ein kriminelles Unternehmen wie dieses alles so akribisch festhielt. Des einen Glück, des anderen Leid, dachte sie und durchforstete das ganze System. Lia-Mara konzentrierte sich als Erstes auf Ausländer in hohen Positionen.

„Ja, ja, sieh mal an, diese Führungs-Fuzzies! Von euch hatte ich noch nie eine hohe Meinung", gab sie selbstzufrieden von sich. Die Namen, die sich hier offenbarten, bereiteten ihr dann doch ein wenig Schluckbeschwerden.

„Alles Roger, die beobachten in den Spielcasinos ihre wiederkehrenden Kunden und durchforsten ihr Leben. Wenn dann die Schwachstelle aufgedeckt ist, ist der zweite Schritt die Aufforderung und eine Zusammenarbeit mit ihnen schon so gut wie gegeben", kommentierte sie laut und deutlich mit innerer Zufriedenheit.

Nachdem Lia-Mara alle gesammelten Daten ausgewertet hatte, stellte sie fest, dass dasselbe Vorgehen für die Hostess-Agenturen angewandt wurde.

Kim Noack

„Guten Tag. Kim Noack. Ich komme wie vereinbart von Ihrer Software-Support-Firma ‚System-Data-Security Wissmaier', Frankfurt, mit dem Auftrag, Ihr IT-System durchzuchecken und möglicherweise upzudaten."

Dann zeigte er für eine Millisekunde seinen Mitarbeiterausweis, ließ ihn aber genauso schnell, wie er ihn präsentierte, wieder in der Laptopseitentasche verschwinden.

Kim Noack, ein schlanker Mann mit einem Dreitagebart, war elegant gekleidet. Der Nadelstreifenanzug saß perfekt und die dunkelbraunen Augen hinter den Brillengläsern sprühten nur so vor Energie. Das extravagante, große Brillengestell mit den roten Bügeln hob sich stark von seinem pechschwarzen, sehr kurz geschnittenen Haar ab.

Der jungen Dame an der Rezeption blieb die Spucke weg, sie vergaß, beim Anblick des gut aussehenden jungen Mannes zu atmen, und himmelte ihn wie ein Wesen von einem anderen Stern an. Der herbe Duft, den er verbreitete, unterstrich die männliche Attitude des Besuchers.

„ÄÄÄhhh …, äääähhh …, ja, Sie, äääähhh …, Augenblick, ich schließe Ihnen den Serverraum auf." Stotternd, mit hochrotem Kopf entnahm sie dem Desk, an dem sie saß, einen Schlüsselbund, rannte nervös und hastig auf eine mehrfach verschlossene Tür zu. Kim schritt ganz nahe an sie heran, so nahe, dass sie in der Aura, nein, in der Duftwolke von ihm gefangen war, und schaute dabei mit einem zuckersüßen Lächeln zu, wie sie den Schlüssel nur mit Mühe ins Schloss brachte, machte sie noch unruhiger. Drei Anläufe waren nötig, bis sie endlich den Schlüssel im Schloss versenkt hatte, dabei hinterließ sie etliche Kratzspuren auf der Messingblende.

„Danke, Frau Schaller, sehr lieb von Ihnen. Ich werde die Tür aus Sicherheitsgründen von innen verschließen. Wenn was ist, klopfen Sie einfach an", dabei versprühte er all seinen Charme. Frau Schaller stand noch länger mit feuchten Händen und einem rasenden Puls wie paralysiert vor der verschlossenen Türe mit der Aufschrift „Zutritt verboten", bis sie wieder mit zittrigen Knien zu ihrem Arbeitsplatz zurückkehrte und umgehend ihre Freundin per WhatsApp auf den neuesten Stand brachte.

Kim Noack betätigte den Lichtschalter. Die Neonröhren klickten kurz, bevor sie ansprangen und ihr kaltes Licht im mit Rechnern und Servern vollgestopften Raum verstreuten.

Lia-Mara setzte sich an den kleinen Tisch vor dem Rechner und musste selbstzufrieden lachen.

„Ja, ich bin eine Verwandlungskünstlerin erster Güte, ja, das bin ich", sagte sie selbstverliebt und klopfte sich anerkennend auf die Schulter.

Die benötigten Namen und Informationen hatte sie dem Internet abgerungen. Daraufhin hatte sie eine E-Mail mit gefälschtem Firmenlogo, die ein notwendiges Update der Sicherheits-Software ankündigte, an das Labor in Mannheim versandt. Lia-Mara hatte im selben Schriftstück um Bestätigung des vorgegebenen Termins gebeten.

Sie hinterließ nie eine verwertbare Spur im World-Wide-Web, schaltete immer mehrere Proxyserver rund um den Erdball dazwischen. Somit wird die Identität der IP-Adresse de facto durch die Proxyserver mehrfach verschleiert und ist nicht zurückverfolgbar.

Mit einem kurzen Telefonanruf hatte sie dem Labor dann auch ihren Besuch nochmals angekündigt und so erfahren, dass Frau Gabriele Schaller am festgelegten Tag am Empfang saß.

Lia-Mara genoss es sichtlich, im Leben der Frau Schaller rumzuschnüffeln, und innerhalb kürzester Zeit hatte sie viel mehr über die Vorlieben und Schwächen der jungen Frau Schaller gewusst als die Betroffene selbst.

Die schwarze Kurzhaar-Perücke, die dunklen Kontaktlinsen und der dunkle Anzug waren eine Art Standardausrüstung. Als wichtig empfand sie Eyecatcher. In diesem Fall das rote Brillengestell. Dies lenkt den Betrachter von der Person ab und bei eventuellen Befragungen hinterher erinnern sich die Zeugen fast immer nur an solche Eyecatcher. Ebenso verhält es sich mit dem Duft. Dieser hinterlässt ebenfalls einen unauslöschlichen Marker und bleibt sehr, sehr lange in Erinnerung und zieht auf einer anderen Ebene die Aufmerksamkeit auf sich und lenkt vom Wesentlichen ab.

Beim Aussuchen des Parfüms legte Lia-Mara sehr viel Wert auf eine gute Zusammenstellung. So verwendete sie für die junge Frau Schaller eine herbe Duftnote mit einer starken Basisnote von Sandelholz, die sehr lange riecht, einer Kopfnote aus Zitrusöl gepaart mit der Herznote aus Lavendel.

Die große Herausforderung, Lia-Mara liebte Herausforderungen über alles, bestand darin, just in time eine tiefe, männliche Stimme zur Verfügung zu haben. Es bereitete ihr Freude, einige Tage vor dem geplanten Einsatz mittels einer Stimmfunktionstherapie, durch regelmäßiges Summen und Kauen, was die Stimmlippe entspannt, die Tonlage bei Bedarf bewusst tiefer zu bringen.

Der Stick blinkte rot und der grüne Fortschrittsbalken wuchs mit rasender Geschwindigkeit, bis er in voller Länge sichtbar am Ende angekommen erlosch. Im Nu waren die Daten auf ihren Stick runtergeladen.

Lia-Mara zog genüsslich den Datenträger aus dem Anschluss, ließ ihn in ihrem Anzug verschwinden.

Und jetzt noch einen Zugang installieren, man kann ja nie wissen, dachte sie vorsorglich. Und schon war die Software aufgespielt und sie konnte jederzeit auf diese sensiblen Daten von jedem Ort aus zugreifen.

Kapitel 5

Verführung auf brasilianisch

Die blutjunge Mulattin trat zögerlich ein. Ihre rehbraunen Augen scannten den gesamten Raum schüchtern. Überall, auf dem Fußboden, auf den Tischen, lagen rote Rosenblütenblätter verstreut und das Kerzenlicht verbreitete sein weiches Licht in der noblen Suite. Beim Schließen der Tür flackerten sie kurz, doch das bemerkte Euda nicht. Gefangen von der Situation, dies war ihr erstes Mal, dass sie ihre Dienste, ihren Körper, für Geld darbot.

„Komm herein, Kleines, du brauchst dich vor mir nicht zu fürchten", sprach er langsam und beruhigend mit seiner sonoren Stimme auf Portugiesisch und streckte dem Teenager die rechte Hand entgegen.

Wenn ein junger, unerfahrener und dazu noch schüchterner Teenager ihm ausgeliefert war, erregte es ihn dermaßen, dass ein heißer Schwall durch sein Rückenmark kroch, seinen ganzen Körper vibrieren ließ. Alberto Schwarzenberger empfand das ganze Drumherum, diese gespielte Romantik mit Blumen, Kerzenlicht und Geschenken, ebenso wichtig, das ihm das Gefühl von Eroberung, aber auch Macht vermittelte.

„Bon Dia, Senhor Professore Schwarzenberger", hatte Paulo Dorado, der Concierge, den deutschen Gast im Fünf-Sterne-Hotel Melida Paulista begrüßt. Paulo, der gut gekleidete Mann um die vierzig, strahlte eine Coolness aus, die einem Eisberg die Show glatt stahl.

„Wir haben für Sie die Suite Brasil wie üblich fürs Wochenende reserviert", hatte er hinzugefügt und mit einer lässigen Handbewegung den Boy in der Lobby beauftragt, das Gepäck des Gastes aufs Zimmer zu bringen.

„Wie geht es Ihnen, Paulo, studiert Ihr Sohn immer noch in Frankfurt?", hatte Alberto Schwarzenberger ihn im Lift auf dem Weg in die siebzehnte Etage gefragt.

„Gott sei Dank im letzten Semester! Dann geht auch für ihn der Ernst des Lebens los", hatte Paulo lachend geantwortet, „und meine Ausgaben reduzieren sich hoffentlich wieder auf ein normales Maß und meine Frau und ich können uns dann auch wieder mal einen Urlaub leisten", hatte er hinzugefügt.

„Jaja, die lieben Kinder kosten Geld, aber wem sage ich das", war die Antwort gekommen, doch mit seinen Gedanken war Alberto weit weg.

„Soll ich Ihnen für heute Abend eine ‚Unterhaltung' reservieren?", hatte Paulo höflich gefragt, hatte abrupt das Thema gewechselt.

Die Umschreibung „Unterhaltung" beinhaltete ein junges, gazellenschlankes Mulatten-Mädchen um die sechzehn, das Professor Dr. Schwarzenberger alle, aber auch alle sexuellen Wünsche von den Lippen ablas und erfüllte.

Schwarzenberger, einer der führenden Forscher in Molekularmedizin, arbeitete für den Schweizer

Chemiemulti Bioscience AG Pharma in Basel. Sein spezieller Fachbereich beinhaltete hauptsächlich die personalisierte Medizin. Dabei wurde das Medikament so gut wie möglich auf die Patientengruppe abgestimmt. Zusätzlich lieferte die Bioscience AG dafür auch die notwendigen Testverfahren, konnte also ihre eigenen Medikamente passgenauer entwickeln und spülte somit zusätzlich viel Geld in die Kasse.

Im Jahre 2000 stand er mit einem neuen, bahnbrechenden Testverfahren in der engeren Wahl um den Nobelpreis. So spielte er als angesehener, genialer Chemiker und Physiker in der Pharmabranche für Arzneimittel in der obersten Liga auf seinem Gebiet.

Professor Dr. Alberto Schwarzenberger, der neben seinem gesitteten Familienleben auch mit einer dunklen Seite auffuhr und seinem Drang, seiner Sucht nach Spiel und Sex sich einmal im Monat hingeben musste.

Der tägliche Stress, der Erfolgsdruck als oberstes Organ in der Forschung des weltweit agierenden Konzerns forderte seinen Tribut. Schwarzenberger nutzte seine Süchte als Ventil, daran kam er einfach nicht vorbei. Im Märchen gewinnen fast immer die hellen Seiten gegenüber den dunklen, doch bei ihm sah die Realität anders aus.

Die monatlichen Reisen zum Informationsaustausch und zur Projektstatuskontrolle nach Südamerika oder Asien wären im Zeitalter der modernen Kommunikationsmittel längst nicht mehr nötig. Doch wegen der Macht seines Amtes wagte niemand, ihn darauf anzusprechen. Alleine schon der Gedanke eines Mitarbeiters daran würde bei ihm einen Taifun auslösen und alles niederwalzen. Widerspruch oder sein Handeln infrage zu stellen, akzeptierte sein Ego nicht. Die Sterndeuter würden dies mit seinem Sternzeichen Schütze abtun beziehungsweise begründen.

Professor Dr. Alberto Schwarzenberger, gebürtiger Brasilianer mit deutschstämmigen Eltern, lebte somit in drei verschiedenen Leben.

Seine noch schulpflichtigen zwei Töchter, für die er ein liebevoller und fürsorglicher Vater war, und seine sportliche, zehn Jahre jüngere Ehefrau lebten mit ihm eines dieser Leben, das ganz offizielle und in den Medien bekannte Privatleben. Ein harmonisches und sehr einvernehmliches Familienleben, das ihm Halt und Geborgenheit bot, die Basis seines Daseins.

Ebenso wichtig war Alberto die Herausforderung in seiner Arbeit, die er als Berufung sah. Hier erntete er Lob und Anerkennung, den Treibstoff seines Seins.

Und dann noch die ganz andere Seite von ihm. Die tief verborgen im Innersten von Professor Dr. Schwarzenberger schlummerte und immer mal wieder unkontrollierbar, wie fremdgesteuert, an die Oberfläche kroch. Dank der hohen monatlichen Honorierungen des Multikonzerns und der Einnahmen aus Vorträgen sowie der schon fast unverschämt hohen jährlichen Tantiemen konnte Alberto unbemerkt und weit weg von der Heimat diese ganz andere Seite seines Daseins ausleben. Eigentlich waren es zwei verschiedene Aspekte. Zum einen die sexuellen Eskapaden mit Teenagern und zum anderen seine Spielsucht. Das Ganze gut getarnt durch das Mäntelchen der weltweiten Verpflichtungen gegenüber seinem Arbeitgeber ließ niemand ahnen, ja nicht mal den kleinsten Zweifel aufkommen, dass bei ihm, beim treuen Ehemann und lieben Vater Professor Dr. Alberto Schwarzenberger, diese dunkle Seite existieren könnte.

„Schau mal, mein Liebes, ein Geschenk für dich. Ich habe es bei Stern in der Avenida Paulista erstanden", und Alberto entnahm einer kleinen, schwarzen Schmuckschatulle, mit weißem Samt ausgeschlagen, einen Anhänger. Kleine Diamanten, zusammen mindestens ein Karat, umgaben einen in der Mitte prunkenden blauen Saphir. Die lupenreinen Diamanten waren mit Weißgold hinterlegt, was ihnen einen wunderbaren Glanz im Kerzenschein verlieh, sie wie helle Sterne am Nachthimmel glitzern ließen.

Der kostbare Schmuck zauberte dem gut gebauten, aus armen Verhältnissen stammenden Teenager ein Lächeln auf die Lippen und schwuppdiwupp war das Eis gebrochen.

Schwarzenberger war sich in diesem Augenblick seiner Macht, seiner Überlegenheit bewusst, kostete jede Minute davon von diesem jungen Sahneschnittchen.

Euda erfüllte mit Dankbarkeit all seine tief verborgenen Gelüste, seine Sehnsüchte die ganze Nacht hindurch. Und die verbrauchte Nacht hinterließ bei ihm einige Spuren. Seine verquollenen, rot geränderten Augen und die Striemen, die Kratzspuren der spitzen Fingernägel Eudas auf seinem Rücken zeugten noch viele Tage danach davon, von den orgastischen Momenten.

„Noch einen Cafezinho, Euda?"
„Nein danke, lass uns doch lieber rausgehen bei diesem wunderschönen Wetter", antwortete Euda, leckte den Rest Kaffeschaum mit der Zunge von der Oberlippe und wischte mit der Serviette nach.

Vor dem ausgiebigen Frühstück wurde zusammen geduscht, na ja, das Duschen war Nebensache, das Einseifen und …

Um diese frühen Morgenstunden besaßen sie den riesigen, mit altem Baumbestand und vielen Grünflächen durchzogenen Ibirapuera Parque, der vom berühmten brasilianischen Architekten Oscar Niemeyer entworfen worden war, fast für sich alleine. Am Sonntagmorgen vor zehn Uhr verirrte sich der Paulistaner selten ins Freie, der Ruf des Bettes ist zu stark.

Leichter Dunst lag noch ruhig über dem Wasser und man konnte sehen, wie die Sonne mit unsichtbarer Hand ihn langsam wegwischte. Die Enten auf dem Teich kreischten, stritten um das mitgebrachte, ins Wasser geworfene Frühstücksbrot.

Wenn Euda und Schwarzenberger nicht so verliebt Arm in Arm am Ufer des Teichs im Gras gelegen hätten, hätte man annehmen können, zumindest in Europa, Vater und Tochter verbringen zusammen einen gemütlichen

Sonntagvormittag in der Natur. Den Südamerikaner juckt der Altersunterschied eines Paares nicht die Bohne, er macht sich in dieser Hinsicht keinen Kopf. Warum auch, es ist nicht sein Bier.

Der fünfundfünfzigjährige Forscher fühlte sich in solchen Augenblicken zurückversetzt, war wie durch Geisterhand gleichen Alters wie jeweils seine Begleiterin. Alles weggewischt, keine Probleme gab es zu lösen, kein Druck bestand, nein, nichts von alledem. Freiheit, pure Lust auf Leben. Sein Akku lud sich auf und er sprühte nur so vor Unternehmungslust. Das Ganze wirkte wie eine Droge.

Purer Sex war nicht sein Ding, nein, das Herz musste daran beteiligt sein, zumindest ein bisschen Liebe, redete er sich in solchen Momenten ein. Frei von Konventionen. Doch ganz unten, tief verborgen und von der Außenwelt weggesperrt, nagte immer dies unbeliebte und vermeintlich in Ketten gelegte Gewissen. Dazu noch der enorme Druck. Er schwebte zwischen Tag und Nacht, zwischen Wirklichkeit und Traum.

Immer und immer wieder einen neuen Wirkstoff gegen irgendeine Krankheit zu finden, ein Präparat, einen Blockbuster, der fünf, noch besser zehn Milliarden Dollar Jahresumsatz generiert. Nur dies rechtfertigt dein hohes Gehalt, sagte ihm sein innerer Papagei in einer verborgenen Windung des Gehirns sehr subtil, doch mit enormer Wirkung, auch wenn er es nicht hören wollte.

Um die Jahrtausendwende hatte sich Dr. Alberto Schwarzenberger mit einem kleinen Team von Forschern für längere Zeit in Afrika aufgehalten. Sein Ziel war, dem Ursprung der menschlichen Geisel, dem Virus HIV, auf die Spur zu kommen, seinen genetischen Ursprung herauszufinden.

So durchforsteten sie sämtliche Krankenhäuser auf alte Gewebeproben. Bei seinem mühsamen Weg wurde er in den Kongo geleitet.

In einem Krankenhaus in Kinshasa stieß das Team auf Krankenakten aus den Fünfzigerjahren, die dem Verlauf einer Aids-Erkrankung entsprachen. Dann paarte sich der Helfer Zufall hinzu. In unmittelbarer Nähe des Krankenhauses lebte noch ein schon sehr alter Mitarbeiter, der wusste, wo die alten Gewebeproben, die in eine Paraffinwachs-Mischung eingegossen und nummeriert waren, gelagert wurden. Bei der riesigen Menge war es die Suche nach der Nadel im Heuhaufen.

Nach unnachgiebigem, tagelangem Suchen stießen sie auf die gesuchten Blöcke. Die Proben wurden gut geschützt verpackt nach Europa gebracht. Nach der Untersuchung im Speziallabor in Mannheim stand das Ergebnis fest:

Die spektakulären Funde trugen tatsächlich das HIV-Virus, beziehungsweise die Patienten aus den Fünfzigerjahren waren an Aids erkrankt.

Das ganze Projekt zog sich über ein paar Jahre hin und Dr. Schwarzenberger und sein Team fanden heraus, dass sich das HIV-Virus im Laufe der Zeit stark verändert hatte. Ebenso stellten sie fest, dass Schimpansen es auf den Menschen übertragen hatten.

Die Eingeborenen lebten und leben von dem, was der Urwald hergibt. Ein billiger Fleischlieferant war der Schimpanse. So wurde die Brücke vom Tier zum Menschen gespannt.

Bei der Zubereitung des Fleisches muss sich ein Mensch, auf welche Weise auch immer, mit dem Schimpansenblut infiziert haben.

Die große Ausbreitung begann ungefähr um 1908 in den Kolonien Französisch- sowie Belgisch-Kongo. Um diese Zeit arbeiteten viele der Eingeborenen als Arbeiter. Heute würde man sie als Sklaven bezeichnen, die für die Gewinnung von Kautschuk und Edelhölzern ausgebeutet wurden. Um diese Zeit brach dann eine fürchterliche Epidemie aus. Die Schlafkrankheit. Die sich in Windeseile ausbreitete.

Die europäischen Ärzte impften Tausende von Arbeitern und das Verheerende dabei war, sie verwendeten immer dieselbe ungereinigte Nadel.

So konnte sich ebenfalls das HIV-Virus von nur wenigen auf Tausende von Menschen ausbreiten. Die Bedingungen waren für das Virus hervorragend, da das Immunsystem der betroffenen Menschen stark geschwächt war.

So hat uns die koloniale Ausbeutung auch noch einen Erreger geschenkt, durch den bis heute schätzungsweise vierzig Millionen Tote zu beklagen sind.

Und Dr. Alberto Schwarzenberger hatte es zum angesehenen Professor Dr. Alberto Schwarzenberger gebracht.

Doch sein Lebensziel, das menschliche Erbgut mit gentechnischer Methode zielgenau zu verändern, um die Krankheit zu heilen oder erst gar nicht entstehen zu lassen, blieb ihm versagt. Die herkömmlichen Methoden waren zu aufwendig, ungenau und langwierig, somit auch sehr kostspielig. Die Komplexität hatte er in seinem Rausch nicht im Fokus, wurde auf den Boden der Tatsachen gebracht.

Doch ein unerwartetes neues Licht am Horizont ließ seinen Drang wieder aufleben. Die Grundlagenforschung hatte vor nicht allzu langer Zeit eine neue Methode entdeckt, die seither die Gentechnik revolutionierte.

Crispr/Cas9 ist deren kaum aussprechbarer Name. Diese Methode wird auch „Gen-Schere" genannt, weil man unter anderem wie mit einer Schere in den Erbanlagen arbeiten kann. Die Methode geht von der erstaunlichen Fähigkeit mancher Bakterien aus, Gen-Strukturen von verschiedenen, angreifenden Viren zu identifizieren und diese zu zerschneiden. Die neue Methode nutzt dieses Prinzip, um bestimmte Gene zu identifizieren, herauszuschneiden, eventuell zu verändern, um sie dann wieder neu einzufügen. Dies lässt sich in allen lebenden Zellen, egal ob von Pflanze oder Tier, anwenden.

Professor Dr. Alberto Schwarzenbergers alte Vision rückte durch diese Möglichkeit wieder in eine neue

Dimension der Machbarkeit. Er wollte die Gen-Schere nutzen, um seinen alten Traum zu verwirklichen, indem er ein bestimmtes Gen ansteuert, es aufschneidet, die Sequenzfolge, die die Krankheit verursacht, gegen eine gesunde austauscht, um Viren unschädlich zu machen. Bei bereits ausgebrochener Krankheit wollte er aus dem Blut und Knochenmark Zellen entnehmen und dabei die defekten Gene austauschen und die veränderte Zelle wieder in den Körper einsetzen.

Casino Villa D'Angelo

Das historische Gebäude am Ende der Rua Jundiai im Stadtviertel Moema von Sao Paulo stammte noch aus der Kolonialzeit. Früher diente diese Villa einem reichen Kautschukplantagenbesitzer als Stadtwohnung, dessen Familie es vorzog, nicht im tropischen, feuchten Klima des Amazonas zu leben.

In Sao Paulo, dem damaligen wie auch heutigem Finanzzentrum Brasiliens, konnten die Frauen der superreichen Händler der Isolation des Amazonas die kühle Schulter zeigen, ihm entrinnen und ihrem standesgemäßen gesellschaftlichen Leben frönen.

Dass dieser Reichtum einst auf Sklavenarbeit fußte, blieb dem Besucher der Villa verborgen. Die stillen Schreie aus der Vergangenheit ausgebeuteter und misshandelter Afrikaner verhallten ungehört und blieben bis heute ungesühnt.

Das mit riesigen Fächerpalmen und den in der Sonne gelb leuchtenden Bambusstauden umgebene Anwesen strahlt bis heute etwas Altehrwürdiges, eine nicht greifbare und doch spürbare Ruhe aus. Alleine sein Anblick reißt den Betrachter aus dem hektischen und vierundzwanzig Stunden pulsierenden Leben dieser Megacity, in der seit Menschengedenken rastloses urbanes Durcheinander regiert, heraus.

Beim Beschreiten des pompösen Marmortreppenaufganges mit dem fein ausgearbeiteten, breiten Handlauf begibt sich der Casinobesucher für einen kurzen Augenblick in ein besonderes Gefühl. In das Gefühl, selbst Besitzer, Teil dieser Villa zu sein. Die eleganten Rundbögen auf der Frontseite des Gebäudes ruhen majestätisch auf akribisch ausgearbeiteten, antik anmutenden Säulen, tragen zu diesem erhebenden Gefühl bei. Diese alte Villa scheint zu leben, den Atem einer längst vergangenen Epoche auszuatmen, ihren Besucher ein Augenzwinkern lang in diese zu entführen.

Die alten, schwarz lackierten, aus Gusseisen handgefertigten Leuchten verdrängten die Dunkelheit, wiesen mit ihrem sanften Licht Prof. Dr. Alberto

Schwarzenberger den Weg zum Casinoeingang. Diesen besonderen, magischen Moment kurz vor dem Eintreten ins Casino genoss er in vollen Zügen. Er verlieh ihm ein erhebendes Lebensgefühl, das seinen Körper bis in die letzte Faser durchflutete.

„Boa noite, Professore Schwarzenberger", begrüßte ihn der piekfein in Schwarz gekleidete Portier mit vertraulichem Lächeln.

Der dann fast unbemerkt zugesteckte Geldschein brachte die Mundwinkel des Mannes bis zum oberen Anschlag.

Im Innern des Casino D`Angelo herrschte eine andere Welt. Hier wurden keine Kosten gescheut. Der Architekt hatte die alten klassischen und modernen Elemente so gekonnt organisch ineinanderfließen lassen, dass der Eindruck aufkam, es wäre schon immer so gewesen. Ein gelungenes Beispiel für die mögliche Symbiose aus Klassik und Moderne.

„Faites vos jeux", machen Sie Ihr Spiel, forderte der Croupier laut und deutlich auf.

Professor Dr. Alberto Schwarzenberger setzte zwei rote Jetons auf die rote Sechzehn, das Alter von Euda.

„Rien ne va plus", beendete der Croupier das Setzen und brachte mit eleganter Bewegung die Kugel im Roulettekessel zum Rotieren, ließ sie am inneren Rand wie einen Eisschnellläufer ihre Kreise ziehen.

„Blop, blop, blop", dann ein letztes Blop-Geräusch und die Kugel blieb gefangen in einem der Felder im Kessel liegen.

Dies ist der kurze, ekstatische Augenblick, der über Gewinn oder Verlust, Freude oder Frust entscheidet.

Alberto Schwarzenberger bevorzugte „American Roulette", bei dem nur sieben Spieler pro Tisch spielen und selbst den Wert für die Jetons festlegen.

Die Zahlen null bis sechsunddreißig waren für ihn nicht nur Zahlen. Nein, sie boten den Reiz des Besonderen, den Reiz über Sein oder Nicht-Sein. Den Reiz des unbekannten Ausgangs; den Reiz des völligen Ausgeliefertseins, des totalen Verlustes oder Reichtums.

Die siebenunddreißig Zahlen bescherten ihm ein Hochgefühl, schenkten ihm den besonderen Kick. Er fühlte sich als Herrscher über das Spielglück, war sich aber ebenso seiner Ohnmacht dem Glückspiel gegenüber bewusst. Es waren zwei verschiedene Pole, die er je nach Lust und Laune besetzte, vermeintlich beherrschte.

Spät in der Nacht, wenn der Morgen zu dämmern begann, die Geldreserven von ihm dahingeschmolzen, er ausgepowert, doch immer noch voller Stresshormone im Taxi auf dem Weg zum Hotel saß, wurde noch eine Bar angesteuert. Mit edlem, sündhaft teurem fünfundzwanzigjährigem Chivas Regal wurden dann auch diese zur Ruhe gezwungen.

Fortunas Hand war immer nur von kurzer Dauer, hatten ihm bis heute nicht den großen, fortwährenden Gewinn beschert. Nein, ganz im Gegenteil, satte Verluste hatten seine Konten belastet. Die Salden waren stetig gestiegen, doch nur auf der Soll-Seite. Die lästigen Anrufe seines Bankers hatte er, der bekannte, geachtete Herr Professor Dr. Alberto Schwarzenberger, nicht vertragen. Er hatte einfach keinen Bock, über die Rückzahlung der längst verprassten, auf das Haus aufgenommenen Hypothek und das überzogene Girokonto zu reden.

„Herr Professor Dr. Alberto Schwarzenberger?", hatte ihn der vor dem Toilettenspiegel stehende, gut aussehende, aber etwas schmierig wirkende Mann um die dreißig gefragt.
„Ja, kennen wir uns?", hatte Schwarzenberger beim Händewaschen verdutzt von sich gegeben, als er von ihm unerwartet angesprochen worden war.
„Nein, das tun wir nicht. Aber ich würde Sie gerne auf einen Drink einladen."
„Danke, nein, ich habe gerade ein Taxi rufen lassen. Eventuell ein anderes Mal", hatte er den Fremden elegant abblitzen lassen.
„Herr Professor, ich bin mir sicher, wenn Sie meiner Einladung Folge leisten, können wir gemeinsam ein paar Probleme aus der Welt, aus Ihrer Welt schaffen", hatte er höflich, aber bestimmt geantwortet, und man hatte den Zwang hinter den Worten förmlich spüren können.
„Bitte, schauen Sie sich doch mal diese Bilder an. Gibt es nicht böse, widerliche Menschen, die solche ganz persönlichen und intimen Aufnahmen von bekannten

Persönlichkeiten wie von Ihnen schießen?", hatte er mit ernstem Gesichtsausdruck verkündet, es kopfschüttelnd untermauert. Gleichzeitig hatte der junge Mann auf einem weißen Fünf-Zoll-Smartphone der neuesten Generation ein paar Bilder präsentiert. Bei deren Anblick war dem Professor die Spucke im Hals stecken geblieben und die Mundhöhle hatte sich augenblicklich wie trockener Saharasand angefühlt.

„Was wollen Sie von mir, wollen Sie mich erpressen?", hatte Schwarzenberger ungehalten den jungen Mann angeschrien, während das Blut wie kochendes Wasser in seinen Schläfen anfing zu pochen.

„Sachte, sachte. Hier wird niemand erpresst. Wir wollen Sie nur unterstützen, Ihnen bei Ihren finanziellen Engpässen behilflich sein. Einen hoch dotierten, berühmten Wissenschaftler wie Sie kann man nicht einfach hängen lassen. Das wäre eine Schande und ein Verbrechen gegenüber kranken Menschen", hatte er im sanften Ton, wie Kaa, die hypnotisierende Schlange aus dem Film „Das Dschungelbuch" gesäuselt.

Und so war ein Pakt geschlossen worden. Ein Pakt, bei dem beide Seiten profitierten, so zumindest hatte der junge Typ diese Vereinbarung verkauft.

Professor Dr. Schwarzenberger lieferte immer wieder neueste Forschungsergebnisse und als Gegenleistung wurde dafür gesorgt, dass die Anrufe seines Kundenberaters der Vergangenheit angehörten.

Kapitel 6

Die Einladung
Kurze Zeit nach dem Überfall auf Robert.

„Guten Morgen, Herr Schwarzenberger."
„Guten Morgen, Robert. Nächste Woche habe ich ein Attentat auf Sie vor", gab Professor Dr. A. Schwarzenberger gut gelaunt von sich, als Robert in sein modern eingerichtetes Büro eintrat.
„Ach ja?"
„Am Montag treffen sich die Südamerikaner in Rio zum jährlichen Projekterfahrungsaustausch. Bei diesem Meeting werde ich unter anderem einige neue Zielstrukturen unserer Molekularforschung vorgeben", erklärte er Robert.
„Und was wird dabei mein Part sein?"
„Sie werden mir dabei assistieren. Na ja, es soll auch ein Dankeschön für Ihre guten Leistungen der letzten Jahre sein. Aber das bleibt unter uns beiden", lobte er ihn, und sein Gesichtsausdruck ließ darauf schließen, dass er es ehrlich meinte.
„Wenn ich mich recht erinnere, haben Sie einmal erwähnt, dass ein Onkel von Ihnen in Sao Paulo lebt. Den könnten Sie ja anschließend noch besuchen, wenn Sie schon mal in der Ecke sind", ergänzte Schwarzenberger mit schelmischer Miene.
Im Verlaufe seines Studiums hatte Robert Praxiserfahrungen bei Projekten mit ansässigen

Industriekonzernen gesammelt, sich praktisches Wissen angeeignet. Bei den Studiengängen ist die aktive Einbindung von Forschungsgruppen ein Muss.

So war er mit dem Professor zusammengetroffen und dieser hatte ihm nach Abschluss seines Studiums auch eine gut bezahlte, interessante Stelle in der Forschung angeboten.

Chemie steckt in allem, was uns umgibt, sobald wir es aus der molekularen Ebene aus betrachten, hatte ein Grundschullehrer zu Robert einmal gesagt. Dies war die Geburt seines Werdegangs.

Das Jahrestreffen

„Hallo, Alberto, schön, dich wieder mal zu sehen. Wie geht es dir, altes Haus, alles klar?", fragte Rubens, trat auf ihn zu und umarmte ihn freundschaftlich.

„Danke, Rubens, alles paletti. Ja, die Zeit, die liebe Zeit. Und bei dir, auch alles im grünen Bereich?", antwortete ihm sein ehemaliger Studienkollege Alberto Schwarzenberger. Die beiden hatten in der Studienzeit eine Wohngemeinschaft gebildet und waren damals ein unzertrennliches, schlitzohriges Duo, ziemlich beste Freunde gewesen. Keine attraktive Frau in ihrer Umgebung war vor ihnen sicher gewesen und die

Wortgefechte bei den Vorlesungen hatten so manchen Professor in die Defensive gezwungen. Alberto war von beiden der Streber und pingelig ist daher bei ihm fast ein Schimpfwort. Rubens dagegen war eher der oberflächliche Lebemensch.

„Bist inzwischen ja eine echte Berühmtheit, Herr Professor Schwarzenberger", hänselte er ihn mit einem bübischen Grinsen im Gesicht. „Wow, in jeder bedeutenden medizinischen Fachzeitschrift kann man dein Gesicht erblicken", setzte er nach, neckte seinen ehemaligen Studienfreund.

„Und du, Rubens, wie sieht's bei dir aus, läuft dein Laden immer noch so gut?", wechselte Schwarzenberger abrupt das Thema.

Rubens führte ein freies Auftragslabor mit umfangreichen Dienstleistungen sowie kompletten Beratungen. Seine Dienstleistungen beinhalteten klinische Studien wie auch Analysen für niedergelassene Ärzte. Rubens Wojchiech führte das Labor MedDiagnostic GmbH in Mannheim nicht nur, er war auch Inhaber. Dies betonte er immer sehr stark.

Die beiden trafen sich einmal jährlich in Frankfurt, im luxuriösen Hotel Steigenberger Frankfurter Hof. Das altehrwürdige Hotel bot allen nur erdenklichen Luxus und lag im historischen Bankenviertel. Sein preisgekörntes und mit Michelin-Stern ausgezeichnetes Restaurant erfüllte den beiden Gourmets sämtliche Wünsche. Geld spielte an diesen Wochenenden keine Rolle.

Doch der echte Hintergrund dieser Treffen diente als Informationsaustausch.

Rubens, auch kein Kind von Traurigkeit, lebte gerne über seine Verhältnisse und liebte seinen knallgelben Ferrari Testarossa neben dem Porsche Carrera GT ebenso wie seinen Sohn und seine Frau. Die Villa, der luxuriöse Lebensstil, all das wollte finanziert sein.

Und so hatten die beiden ehemaligen Studienkollegen seit geraumer Zeit ein Abkommen; Rubens lieferte Alberto ausgefallene, auffällige Analysen, sei es von Krankenhäusern oder Arztpraxen. Als Gegenleistung floss einmal im Jahr ein maßlos überteuerter Auftrag des Chemiemultis Biosciences AG Basel an sein Labor.

Tödlicher Besuch

Wo bleibt er nur, grübelte Robert genervt, saß inzwischen wie auf glühend heißen Kohlen. Sein Cousin Ralf Rossi war vor über zwanzig Minuten quietschfidel zur Toilette gegangen und immer noch nicht zurückgekehrt. Der hagere, klein gewachsene Ober im grauen, schon etwas abgegriffenen Anzug hatte schon zwei Anläufe, ihre Bestellung aufzunehmen, ohne Erfolg versucht.

„I am waiting for ...", hielt ihn Robert erneut hin.

„Tudo bem", gab dieser lässig ohne jegliche Gemütsregung zur Antwort.

Langsam, aber sicher kam es ihm befremdlich vor. Er konnte sich keinen Reim darauf machen, warum er ihn hier, und dann noch in einem fremden, ihm unbekannten Land, dessen Sprache er nicht mächtig war, alleine schmoren ließ.

Ralf, sein Cousin, der im elterlichen Betrieb arbeitete und Rechtswissenschaften studiert hatte, war es schließlich, der ihn hierher ins sündhaft teure Restaurante Don Churro geschleppt hatte.

„Hier gibt es den besten Hummer in ganz Sao Paulo. Und stell dir vor, du kannst ihn noch lebend aus dem Aquarium selbst aussuchen", hatte er Robert vorgeschwärmt. Die beiden kannten sich erst seit ein paar Tagen, hatten sich davor nie gesehen, sahen sich aber verdammt ähnlich.

Pünktlich hatten die leitenden Forscher der südamerikanischen Tochterunternehmen des Chemiemultis Bioscience AG Basel ihre jährliche Konferenz nach einer Woche in Rio de Janeiro beendet. Robert hatte, der Einladung seines Chefs Professor Dr. Alberto Schwarzenberger folgend, daran teilgenommen.

Robert war nervös auf seinem Sitz hin- und hergerutscht, als langsam die Megacity Sao Paulo aus dem Smog auftauchte und die Linienmaschine der

SWISS pünktlich wie ein Schweizer Uhrwerk den Flughafen erreichte.

Die Maschine war den Airport von Richtung Süden angeflogen, dann hatte der Flugkapitän einen steilen Schwenk nach links vollführt und die Landebahn war direkt vor ihnen gelegen.

Das ausgefahrene Fahrwerk hatte beim Aufsetzen kurz gequietscht und gequalmt. Ein Ruck hatte das ganze Flugzeug durchzogen, das Rauschen der Triebwerke hatte seinen Ton verändert und einige Passagiere hatten kurz darauf befreit geklatscht.

Als die Maschine stillgestanden hatte, hatten die Fluggäste nervös wie Hühner im Stall vor der Fütterung ihr Handgepäck überhastet aus den Fächern gerissen. Jeder hatte ununterbrochen wie ein plätschernder Wasserfall durcheinandergeredet, während Roberts Puls angestiegen war. Die Nervosität und ein mulmiges Gefühl in der Magengegend hatten ihm Schweißperlen auf die Stirn gezaubert.

Den Onkel und seinen Cousin kannte er nicht persönlich, hatte sie noch nie gesehen. Und nun würde er sie gleich treffen und ein paar Wochen hier bei ihnen in Sao Paulo verbringen. Robert wollte gar nicht darüber nachdenken, ob er willkommen wäre und sie miteinander auskommen würden. Nein, mit solchen negativen Gedanken wollte er sich jetzt nicht auch noch unnötig belasten.

„Robert?", hatte ihn ein alter Herr mit grauem Vollbart gefragt, als er mit dem Gepäck auf dem Rolli durch die Kontrolle den Vorraum mit suchendem, umherschweifendem Blick betreten hatte.

„Ja, und Sie sind Onkel Hans?", hatte er die Frage unruhig zurückgegeben und den neugierigen Blick auf ihn nicht unterlassen können, hatte sich verstohlen die aus lauter Nervosität schwitzenden Hände an seiner Hose abgewischt.

Hans Rossi, der Bruder seines Vaters, war schon vor langer Zeit ausgewandert und hatte in Brasilien seine neue Heimat gefunden. Er produzierte hochwertige Elektronikteile für Personenkraftfahrzeuge. Seine Abnehmer waren unter anderem namhafte Fahrzeughersteller wie VW und Mercedes. Und das Geschäft boomte schon seit Jahren.

„Nicht so förmlich, Robert, ich bin Hans", hatte er mit bassiger Stimme und grinsendem Gesicht verkündet und ihn augenblicklich herzlich umarmt.

Der sympathische Mann sah seinem inzwischen verstorbenen Vater verdammt ähnlich. Doch über seinen Onkel wusste Robert fast nichts. Zu Hause war aus unerklärlichen Gründen so gut wie nie über ihn gesprochen worden.

Hans hatte Robert im schicken Mercedes sicher durch den dichten Verkehr über die Stadtautobahn zu seinem Haus manövriert. Er hatte feststellen müssen, dass hier im brasilianischen Verkehr die Uhren anders tickten. Die Hupe schien das Lieblingsspielzeug eines jeden zu sein.

Gelegentlich wurde ein Stinkefinger gezeigt und ununterbrochen gemeckert und dies durch ein unverständliches Kopfschütteln untermauert.

Der Pförtner hatte Onkel Hans aus dem verglasten Pförtnerhäuschen freundlich zugewinkt, einen Knopf betätigt und das graue Tor hatte sich lautlos in gleichmäßigem Tempo geöffnet.
    Robert hatte seinen Augen kaum getraut. Was hinter den Mauern aufgetaucht war, hatte sämtliche Erwartungen übertroffen. Die pompöse Villa von Onkel Hans im Stadtteil Jardims spiegelte unverhohlen den erwirtschafteten Reichtum der Familie wider.
    Die ehemals alte Villa hatte mit den Jahren immer wieder eine Vergrößerung erfahren. Die rechteckigen Anbauten mit ihren riesigen Glasfronten und dem nierenförmigen Naturswimmingpool erinnerten Robert sehr stark an Villen von nordamerikanischen Berühmtheiten. Eine weiß getünchte, über zwei Meter hohe Steinmauer, auf der Glassplitter eingearbeitet waren, umschlang wie bei einer Festung das ganze Anwesen.
    Innerhalb dieser abgegrenzten Welt hatten die Landschaftsgärtner mit viel Talent und noch mehr Geldeinsatz dafür gesorgt, dass sich die Familie wie auf einer idyllischen Luxus-Oase fühlte. Das hektische Leben und die Kriminalität der niemals ruhenden Stadt wurde einfach ausgegrenzt und hinter die Mauer verbannt.

Die Pförtnerloge, mit unzähligen Bildschirmen zugepflastert, war rund um die Uhr durch Wächter besetzt. Die hochauflösenden Objektive der massenhaften, schwenkbaren Kameras hatten jeden Quadratmeter im Blickfeld und modernste Sensoren machten ein unbemerktes Betreten des Anwesens unmöglich.

Ralf, der Sohn von Onkel Hans, wohnte zu Hause im elterlichen Anwesen. Ihn hatte Robert erst am nächsten Tag kennengelernt.

Dieser hatte inzwischen die Geschäftsleitung der Firma übernommen. Doch der alte Impresario tauchte immer noch regelmäßig in den heiligen Hallen seiner Firma auf. Hans konnte sein Baby einfach nicht ganz aus den Augen lassen, es war sein Lebenswerk und Elixier.

Robert wartete nun schon eine geschlagene Stunde. Doch sein Cousin tauchte nicht auf. Er hatte die Toiletten akribisch nach ihm abgesucht, in der Küche nach ihm gefragt. Ralf war wie vom Erdboden verschluckt. Keiner der Angestellten im Restaurant konnte über dessen Verbleib etwas berichten. Sein Auto stand noch immer unverändert, so wie sie es hingestellt hatten, auf dem Parkdeck. Was sollte er nur machen, Robert wusste sich nicht zu helfen, war sich unschlüssig, aber auch wütend auf Ralf. Warum hatte sein Cousin ihn alleine im Restaurant sitzen lassen? Ralf hatte ihn doch eingeladen und sie hatten sich auf Anhieb gut verstanden. Beide trieben gerne Sport, waren auch schon zum Joggen am frühen Morgen im Ibirapuera Park unterwegs gewesen. Es musste irgendeinen zwingenden Grund für sein Verschwinden geben, das wurde Robert immer klarer.

„Hallo, Hans, es tut mir leid, dass ich dich noch so spät störe."
„Ist schon okay, Robert, ich habe dir doch gesagt, dass du mich bei Schwierigkeiten jederzeit anrufen kannst. Darum habe ich dir auch das Handy besorgt."
„Onkel Hans, Ralf ist verschwunden. Ich sitze hier im Restaurant Don Churro. Ralf wollte nur schnell zur Toilette und nun warte ich seit fast einer geschlagenen Stunde. Er ist nicht wieder aufgetaucht", sprudelte es aus ihm heraus.
„Was …, das verstehe ich nicht! Er kann dich doch nicht einfach sitzen lassen!"
„Was soll ich nun tun?", unterbrach Robert die kleine Sprechpause, die ihm wie eine Ewigkeit vorkam.
„Robert, bleib, wo du bist, ich komme vorbei", gab er mit abwesend klingender Stimme von sich, „in spätestens einer halben Stunde bin ich da", beendete er das Gespräch abrupt.

„Wie geht es dir, Onkel Hans?", fragte Robert den über Nacht um Jahre gealterten Mann. Der Polizeichef ließ es sich nicht nehmen, suchte höchstpersönlich Hans in seinen heiligen Hallen auf, um ihm schonend mitzuteilen, dass sie seinen einzigen Sohn tot im Ibirapuera Park aufgefunden hatten. Diese Nachricht brach dem alten Mann und seiner zweiten Frau Michelle das Herz.

Am Abend, als Ralf Rossi verschwand, wurden alle Hebel, die einem einflussreichen Mann mit viel Geld in Brasilien zur Verfügung standen, in Bewegung gesetzt. Doch Ralf blieb zwei Tage lang verschollen, er war wie vom Erdboden verschluckt, und niemand konnte sich einen Reim darauf machen. Es gab einfach keine schlüssige Erklärung.
 Am frühen Morgen des dritten Tages alarmierte ein Jogger die Polizei. Der morgendliche Jogger entdeckte durch Zufall im Teich zwischen den großen Seerosenblättern eine treibende Leiche.
 Die forensische Untersuchung der Kriminalpolizei hielt folgenden Hergang in ihren Akten fest:

Der Tod des aufgefundenen Mannes trat vor ungefähr zwei Tagen ein. Die eindeutige Todesursache durch Ertrinken haben die mit Wasser gefüllten Lungen untermauert. Es deutet alles auf einen selbst verschuldeten Tod hin. Sehr wahrscheinlich verlor der mit Rauschgift vollgepumpte Mann die Orientierung, ist in den Teich gefallen und dabei unbemerkt ertrunken.
 Es konnten keine Spuren eines Kampfes oder irgendwelche Hinweise darauf an seinem Körper festgestellt werden. Ebenfalls wurden auch keine Kampf- sowie fremden Spuren auf dem Rasen und in unmittelbarer Nähe entdeckt.

An der Leiche des Mannes und der Kleidung wurden ebenfalls keine Hinweise auf Dritte festgestellt.
Ein Fremdverschulden wird somit ausgeschlossen.

Die Tageszeitung „Folha de Sao Paulo" berichtete mit ähnlichem Wortlaut, jedoch mit einem Bild der Leiche und dem Aufruf, sich zu melden, falls jemand diesen Mann erkannte. Gleich nach Erscheinen der Zeitung stand das Telefon der Polizei nicht mehr still, viele Personen meldeten sich auf den Aufruf.

„Die Ärzte meinen, Gefühle wie Hoffnungslosigkeit und Gleichgültigkeit sind in so einer Situation völlig normal und gehen in die richtige Richtung. Ich muss die Trauer annehmen und verarbeiten. Das sind doch nur alles schlaue Sprüche. Die haben ja nicht ihren einzigen Sohn verloren", gab der geknickte Mann mit seinen rot unterlaufenen Augen irgendwie abwesend zur Antwort.

„Robert, zu dir will ich ehrlich sein. Es ist wie eine innere Kreuzigung, wenn man seinen einzigen Sohn verliert. Die ganzen vergangenen Nächte hindurch habe ich geweint ohne Unterbrechung, sogar wenn ich beim Frühstück saß oder versucht habe mich abzulenken. Jedoch am allerschlimmsten ist der wiederkehrende Traum, in dem Ralf auftaucht und mich fragt, warum er sterben musste", dann legte Hans eine längere Pause ein, schaute gedankenverloren auf den Boden, während ununterbrochen Tränen der Trauer über seine Wangen rollten.

Robert wusste aus eigener Erfahrung, worüber sein Onkel sprach. Es ist ein Weg durch die kohlrabenschwarze Nacht. Und in diesem Moment tauchten die Erinnerungen an Jasmin, die schönste Zeit seines Lebens und den verdammten Abschied in ihm wie aus einem Winterschlaf erweckt wieder auf. Begleitet von einem Gefühl, als hätte er etwas verloren, was er nie richtig besessen hatte und nicht loslassen konnte.

Doch in der Zwischenzeit hatte Robert gelernt, damit umzugehen. Er wollte seine Erinnerungen nicht mehr fest verschlossen in seinem Herzen einsperren und gefangen sein zwischen Fantasie und Realität. Robert schaute nach vorne, gab der Trauer Platz, doch machte sie nicht zum Zentrum seines Seins. Er wollte das Leben nicht verbrauchen, ohne weiterhin glücklich zu sein.

Von einer Sekunde zur anderen blickte Onkel Hans Robert direkt in die Augen.

„Ich muss herausfinden, warum mein Sohn sterben musste! Ja, das bin ich ihm und mir schuldig", kam es voller Überzeugung und mit Nachdruck über seine Lippen. Robert spürte eine plötzliche Änderung in seiner Gestik und die Stimme klang wieder entschlossener.

„Doch wer kann mich dabei unterstützen? Auf die hiesige Polizei, die immer noch von einem Unfall durch Rauschgiftmissbrauch ausgeht, kann ich mich nicht verlassen."

„Onkel Hans, ich kenne da eine Person, besser gesagt eine Ermittlerin. Sie ist eine etwas andere Ermittlerin, na ja, entspricht nicht dem Klischee der Masse.

Doch sie spricht verschiedene Sprachen, auf dem EDV-Sektor ist sie unschlagbar, besitzt einen messerscharfen Verstand. Geht ihre eigenen, oft nicht nachvollziehbaren Wege, lässt sich durch nichts stoppen. Sie ist so gut wie nicht manipulierbar, also immun gegen Bestechung." In Roberts Stimme schwang echte Bewunderung für das Gesagte mit.

„Meinst du, sie würde für mich ermitteln?"
„Ich glaube schon. Doch du musst wissen, bei ihr geht es in erster Linie nicht ums Geld. Viel wichtiger ist, ihr Interesse an der Aufgabe zu wecken. Je verzwickter der Fall, desto größer ihr Interesse und die Chance, sie für die Aufgabe zu gewinnen", klärte Robert seinen Onkel auf.

„Dann auf, rufe sie bitte an. Für ihre Spesen richte ich ein Konto ein, über das sie frei verfügen kann. Geld soll kein Hindernis darstellen. Ihr übliches Honorar verdopple ich und bei Erfolg kommt noch was drauf." Und schon waren die alten Energieströme des Mannes wiederhergestellt und sein ganzer Körper schien wieder gestraffter, nicht mehr so lasch und lustlos.

Unverhoffte Spenden

Als Lia-Mara mit dem schwarzen Mitsubishi Geländewagen von AVIS vor Hans Rossis Villa anhielt, regnete es in Strömen. Der brasilianische Petrus besitzt hierfür ein ganz besonderes Talent. Er schüttet ganze Fässer auf einmal aus und sein Blitz-Stakkato erinnert eher an ein Silvesterfeuerwerk, wobei die Lautstärke des Donners einer Explosion in unmittelbarer Nähe am nächsten kommt.

„Robert, du musst sofort für einige Zeit von der Bildfläche verschwinden. Stelle bitte keine Fragen, wenn die Zeit reif ist, werde ich dir alles erklären.

Bringe deinem Onkel bei, dass du für ein paar Tage wegfährst, um dich von dem Schock zu erholen. Er wird das schon verstehen", forderte sie ihn mit Nachdruck auf, als er ihr beim Gepäckausräumen des Mitsubishi zur Hand ging.

„Aber warum, er …", versuchte Robert zu widersprechen.

„Nein, vertraue mir einfach. Du bist in Gefahr, sie sind hinter dir her. Und Schluss mit der Diskussion", nahm sie ihm blitzartig das Wort.

Als Hans Rossi Lia-Mara erblickte, weiteten sich seine Augen und er zweifelte an seinem Entschluss; er hatte wahrscheinlich doch überstürzt gehandelt.

„Ich, ... äähh, ... begrüße Sie recht herzlich", und man konnte seinem Gesichtsausdruck entnehmen, dass er über ihr extravagantes Äußeres sehr erstaunt und verunsichert war.

„Ich bin Ihnen sehr dankbar, dass Sie so schnell Zeit gefunden haben und den Auftrag übernehmen", fügte er hinzu, nachdem er sich wieder gefasst hatte.

Hans Rossi überließ Lia-Mara das kleine, schnuckelige Häuschen, das ehemals vor einer halben Ewigkeit für die Hausangestellten erbaut worden war, jedoch inzwischen leer stand. Eine voll ausgestattete Küche mit allen notwendigen Utensilien, eine Dusche, ein Schafzimmer sowie ein separater Raum stellten in der nächsten Zeit ihr ganz persönliches Refugium dar.

Die von ihr ausgesuchten und benötigten EDV-Anschlüsse und Geräte wurden umgehend besorgt und die fehlenden Anschlüsse im separaten Raum fachmännisch installiert.

In unmittelbarer Nähe zu ihrem neuen Heim ruhte ein großflächiger Schwimmteich. Schilf, Seerosen und zahlreich blühende Wasserpflanzen wurden vom Gärtner mit viel Liebe gepflegt und gaben dem Teich eine harmonische, beruhigende, ja malerische Erscheinung. Der Teich bot vielen kleinen Tieren Nahrung und Heim. Tagsüber besuchten Libellen mit ihrem abgehackten, ruckartigen Flugstil das kühle Nass, während die Kolibris sich am süßen, kostenlosen Nektar der blühenden Pflanzen labten.

Nachts bei angenehm warmen Temperaturen oder kurz nach Sonnenaufgang schwamm Lia-Mara unbehelligt, nur vom Zirpen der Grillen oder Quaken der Frösche begleitet, nackt ihre Bahnen im Teich.

Es kam Lia-Mara sehr entgegen, dass ihr Häuschen durch eine dichte, mehrere Meter hohe Bambushecke abgeschirmt war.

„Ich glaube nicht, dass mein Sohn Ralf drogensüchtig ist, ähh … war", erklärte Hans Lia-Mara außer sich. „Er hat niemals Drogen genommen, das wüsste ich. Er rauchte auch nie. Nein, nie und nimmer! Sein Sport und sein Beruf waren ihm das Wichtigste", bekundete er voller Überzeugung, und es schwang auch eine nicht greifbare Wut mit.

„Der offizielle Polizeibericht stimmt einfach nicht. Das ist eine infame Lüge." Während er sprach, bildete sich eine dicke, fette, pulsierende Ader an seinem Hals, zog sich bis unters Ohr, so sehr regte ihn diese Unterstellung auf.

„Sie müssen wissen, es ist eine elende und widerliche Geschichte mit der Polizei hier in Sao Paulo. Sehr viele sind, wie soll ich es sagen, hm … ihr geringes Einkommen reicht nicht aus. So stehen einige von ihnen einem separaten Handgeld nicht negativ gegenüber", klärte er Lia-Mara vorsichtig auf.

„Nur frei raus damit! Sie sind bestechlich. Ja, das ist mir in meiner Polizeiarbeit bereits schon öfters untergekommen. Sehen wir es doch einfach positiv:

Hat ja auch seine Vorteile. Man muss nur den richtigen Preis wissen und bekommt dafür die richtigen Antworten", gab Lia-Mara gelassen von sich, als wäre dies die selbstverständlichste Sache der Welt.

Je länger sie sich unterhielten, desto mehr spürte Hans, dass er doch die richtige Wahl mit ihr getroffen hatte. Sie redete nicht lange um Probleme herum, nannte sie beim Namen. Ihr besonderer Humor hatte was Belebendes. Hans freute sich, diese besondere Frau für seine Aufgabe gewonnen zu haben.

Und so erklärte er ihr, dass er unbedingt wissen musste, was wirklich hinter dem Tod seines Sohnes stand.

Da Hans zu den finanzstärksten Einwohnern von Sao Paulo zählte, gab es so manche Hintertür, durch die man geheime Informationen erhalten konnte. Sogar der Polizeichef hatte vor mehr als fünfzehn Jahren sehr viel Rückhalt in jeder Hinsicht von Hans bekommen, hatte ihm seinen Posten zu verdanken.

Mit viel Informationsmaterial und den nötigen Papieren und Finanzen ausgestattet, setzte sich Lia-Mara vor ihren Freund, den Computer. Sie machte sich voller Energie an die Recherchen, entlockte ihm sukzessive die benötigten Details. Zwei geschlagene Tage verbrachte Lia-Mara nur mit kurzen Unterbrechungen am Computer. Niemand störte sie in ihrem neuen Domizil, sie konnte ungehindert arbeiten.

Benötigte Lebensmittel besorgte ihr die etwas schüchterne Empregada Uehida, die Hausangestellte.

Uehida war die Mutter dreier Kinder und Frau eines arbeitslosen Mannes, der die Kinder liebevoll bei ihrer Abwesenheit umsorgte. Uehida reinigte zum Leidwesen von Lia-Mara täglich ihr Domizil und wusch das schmutzige Geschirr ab. Doch wie sie es auch versuchte zu erklären, dass dies unnötig wäre, Euhida war davon nicht abzubringen. Sie wollte sich nicht nachsagen lassen, dass sie nicht sauber putzte. Uehida, die etwas runde, gemütliche, eher stille Person mit warmen, strahlenden Augen und einem verschmitzten Lächeln, stellte sich nach und nach auch als ideale Auskunftsstelle für Lia-Mara heraus. Sie kannte immer irgendjemanden, welcher wiederum Connections zu jemand weiterem hatte. Eine weitere, hilfreiche Quelle stellte ihr Mann, der ehemalige Hilfspolizist, dar. Dieser kannte das korrupte System außerordentlich gut, hatte immer noch Kontakte zu ehemaligen Kollegen.

 Lia-Mara lief in Gedanken versunken ein paar Schritte um ihr kleines Häuschen, vertrat sich die Beine und wurde kurz durch das leise, ächzende Geräusch der sich im Wind bewegenden Bambusrohre erschreckt.
 „Ja, meine Lieben, eure Organisation werde ich ebenfalls in Bewegung bringen", sagte sie leise und genussvoll, wieder zurück bei ihren Recherchen.
 Lia-Mara hatte alles nochmals bis ins Kleinste abgeklopft, ging sämtliche angesammelten Fakten detailbesessen und akribisch durch. Dabei stolperte sie im System der Organisation Aranha Negra, das sie

inzwischen ganz infiltriert hatte, rein zufällig auf eine extrem geschützte Datei, die sie nicht knacken konnte.

Ihr rechter Handrücken juckte augenblicklich. Das untrügliche Zeichen, auf etwas Interessantes gestoßen zu sein, machte sich mit Vehemenz bemerkbar. In solchen Momenten flog ihre gedankliche Welt auseinander und verdichtete sich anschließend zu einem Schwarzen Loch, aus dem sie geballt Energie und Antrieb zog.

Lia-Mara leitete eine eingehende E-Mail der Organisation auf ihren Account um. Sie baute einen Trojaner in das Mail so listig ein, dass kein Virenscanner der Welt etwas bemerken konnte.

Nur eine Stunde später schon erschienen die erhofften Passwörter und die notwendigen Transaktionsdaten auf ihrem Bildschirm.

Lia-Mara musste dreimal trocken schlucken, als sie die berauschend hohen ausländischen Kontostände erblickte. Die kriminelle Organisation parkte insgesamt über hundert Millionen Dollar auf ihren Konten.

Sie kopierte die Datei mit den aktuellen Ständen. Lud die Kontoübersicht mit einer Schadsoftware versehen wieder runter auf den Rechner der Organisation. Jetzt erschien nach wie vor bei einer eventuellen Überprüfung der Kontenübersicht durch den Zuständigen bei der Organisation auf seinem Display der Bestand vor ihrem Eingriff. Nichts wies beim bloßen Betrachten der riesigen Guthaben auf eine Verfügung hin. Bei einer Umsatzbetätigung jedoch löschte sich automatisch das ganze System selbst und war nicht mehr reproduzierbar.

Lia-Mara rieb sich genüsslich die Hände, betätigte mit einem lauten „Jaaa" ein letztes Mal die Entertaste, und dies mit Hochgenuss. Dabei schüttete ihr Körper sämtliche Glückshormone, die ein Körper in der Lage ist zu produzieren, in immensen Mengen aus.

Gänzlich alle Konten der kriminellen Organisation waren ratzfatz leer geräumt. Hilfsorganisationen wie Ärzte ohne Grenzen erfreuten sich eines plötzlichen Geldregens. Sie erhielten millionenschwere, anonyme Spenden auf ihre Konten in verschiedenen Ländern gutgeschrieben.

Dies war weltweit ein gefundenes Fressen für sämtliche Medien. Sie berichteten tagelang darüber und die Spekulationen auf Facebook und Co. überboten sich stündlich.

„Na ja, ein wenig Vorsorge tut auch mir gut", murmelte sie verständnisvoll. Ein kleines Vermögen, ein zweistelliges Millionensümmchen, floss auf ihre unter fremdem Namen eröffneten Konten.

In ihrer Frankfurter Zeit hatte ihr ein Cyberkrimineller mehrere verschiedene Identitäten mit Originalpapieren besorgt. Lia-Mara war bei ihren damaligen Ermittlungen durch Zufall auf ihn gestoßen und hatte, man konnte ja nie wissen, die Gunst der Stunde wahrgenommen. Sie hatte ihm das Win-Win-Geschäft vorgeschlagen. So war er ungeschoren davongekommen und sie hatte vorsorglich für alle Fälle mehrere Identitäten erhalten.

Der Autowäscher

Der Wächter hob die rot-weiße Kunststoff-Absperrschranke gemächlich an und wies ihr etwas schlaftrunken einen Stellplatz zu. Durch ihr mehrmaliges Hupen hatte sie ihn unsanft aus seinem Schläfchen gerissen. Lia-Mara parkte den schwarzen Mitsubishi auf dem bewachten Parkplatz neben dem Hotel Melida Paulista. Kaum die Autotür geöffnet, stand auch schon ein etwa fünfzehnjähriger Junge, mit einem roten Plastikeimer voll Wasser, Autoleder und Microfasertuch bewaffnet, neben ihr.

„Senhorita, Ihr Auto muss unbedingt gewaschen werden. Schauen Sie mal diese Scheiben und …", pries er lauthals seine Arbeit an und stellte sich als bester und günstigster Autowäscher von ganz Sao Paulo vor.

Verpiss dich oder ich trete dir in den Allerwertesten, lag ihr schon auf der Zunge. Doch sie besann sich eines Besseren. Ihr war bewusst, diese Jungen jammern, schimpfen, hängen wie eine Klette an einem, bis man weichgeklopft wie ein zartes Steak nachgab. Sie waren mit allen Wassern gewaschen, hatten unfreiwillig die harte Schule des Lebens in Armut, oft auch Kriminalität durchlaufen. Schwuppdiwupp wie von Geisterhand war urplötzlich ein Reifen platt und die ganze Autoseite verkratzt, ohne dass irgendjemand etwas mitbekommen hatte. Und was sie jetzt am allerwenigsten gebrauchen konnte, war Aufmerksamkeit auf sich ziehen. Und wer wusste, eventuell konnte der Junge ihr sogar behilflich sein. Der Autowäscher wollte auf Biegen und Brechen das Geld schon im Voraus. Doch Lia-Mara blieb knüppelhart.

Mit ausgestreckten Armen schob sie vorsichtig das auf Old Look getrimmte, olivgrüne Wachscotton Backpack auf die weiß getünchte Mauer. Anschließend zog sich Lia-Mara lässig mit beiden Armen wie an einer Reckstange mit ein wenig Schwung ebenfalls hoch auf die Mauer. Dann entnahm sie der innen liegenden Laptop-Einschubtasche des Backpacks ein Notebook. Mit baumelnden Füßen saß sie, wie ein im Internet surfender Teenager, mit dem Ultranotebook von Apple auf dem Schoß unauffällig auf der Steinmauer neben dem Hotel. Die Intel-Prozessoren suchten in Windeseile den kostenlosen Internetzugang für Hotelgäste. Sogleich erschien das als gesichert markierte Netzwerk auf ihrem Bildschirm. Das selbst gebastelte Entschlüsselungs-Tool las augenblicklich die vorhandenen Passwörter heraus. Und schon galoppierte sie mit dem superschnellen Intel-Prozessor CORE i5 der siebten Generation über den Router im Netz auf die einzelnen Dateien des Hotels. Mir nichts, dir nichts waren die vorhandenen Sicherungsmechanismen, Firewall und Co. überwunden; sie stellten für sie nicht das geringste Hindernis dar.

Die gesuchten Informationen über einen speziellen Hotelgast flimmerten auf dem Bildschirm. In

Nullkommanichts waren sie auch schon auf die Festplatte des PCs in ihrem Sao-Paulo-Domizil weitergeleitet. Den Link für die Steuerung der einzelnen Zimmerzugänge sandte sie in gleicher Weise auf diesen PC. Kopierte ihn aber auch auf ihr Ultranotebook. Somit war sie in der Lage, jederzeit sämtliche Türen unabhängig von Ort und Zeit zu betätigen, und konnte ebenso feststellen, welcher Gast gerade anwesend war.

Zwei geschlagene Stunden lang beobachtete sie das Treiben vor dem Hotel. Es wiederholte sich meist derselbe Ablauf: Die meisten Hotelgäste ließen sich mit dem Taxi direkt zum Eingangsportal fahren. Der Hotelboy erschien, schleppte das Gepäck in das Foyer. Das Taxi wurde bezahlt, der Kunde füllte die notwendigen Formulare am Empfangsdesk aus, erhielt die Chipkarte fürs Zimmer. Gast und Gepäckträger schwebten mit dem Lift auf die Zimmeretage.

„Was bekommst du für dein super Werk?", lobte sie den Jungen, der sofort neben ihr stand, als sie den Parkplatz betrat. Sie handelte nicht lange herum, bezahlte den viel zu hohen Betrag.

„Menino, kennst du jemanden, der in dem Hotel da drüben arbeitet?", fragte sie ihn anschließend lächelnd, deutete auf das Hotel und hielt ihm nochmals ein kleines Scheinchen wedelnd vor die Nase.

„Sim, Senhora, mein bester Amigo arbeitet als Boy im Hotel", antwortete er wie aus der Pistole geschossen und wollte sofort nach dem Schein schnappen. Doch Lia-

Mara war schneller, hob die Hand an, damit er den Schein nicht erreichen konnte und ins Leere griff.

„Und, arbeitet er heute zufällig?"

„Ja, warum?"

„Meinst du, du kannst ihn mal kurz herholen?"

Einen Augenblick später erschienen die etwa gleichaltrigen Jungen, lachten und blödelten, schubsten sich herum. Der Boy trug einen picobello sauberen und gebügelten Anzug mit den Initialen des Hotels. Jede Falte des Anzugs stand gerade und spitz wie eine frisch geschärfte Rasiermesserklinge. Der Autowäscher mit seinen verschlissenen Jeans und dem eingelaufenen weißen, schon etwas gelbstichigen T-Shirt stellte das Kontrastprogramm dar.

Den Boy hatte Lia-Mara bei ihren Beobachtungen schon erblickt.

„Danke für deine Auskunft. Kann ich mich auf dich verlassen?", fragte sie den Boy nach einem kurzen Wortwechsel. Er nickte elegant, nahm sich das Schmiergeld und verschwand sichtlich zufrieden, aufrecht und stolz wie ein Jedi-Ritter aus Star Wars wieder im Hoteleingang.

Lia-Mara stand in Jardins neben ihrem von Bambussträuchern verdeckten Häuschen, schaute zufrieden auf den uralten, dicken Stamm des Gummibaums. Im Zentrum der am Stamm befestigten Zielscheibe steckten zwei handgefertigte, rasierklingenscharfe Wurfmesser so dicht nebeneinander, dass kein Blatt Papier mehr dazwischenpasste.

Lia-Mara hielt nicht viel von Schusswaffen. Sie bevorzugte die lautlosen Wurfmesser, von denen sie meist zwei jederzeit griffbereit, doch nicht für jedermann sichtbar am Körper trug. Und wenn sie ein Messer geschickt, wie ein Kartenspieler die Spielkarte, über den Handrücken balancierte, berührte sie das auf eine magische, ja erotische Weise.

Lia-Mara hatte in den USA die japanische Kampfsportausbildung Shuriken-Jutsu genossen und schwor seitdem auf den Drehwurf. Er ist viel zielgenauer, da die Körperrotation den Flug stabilisiert und der Fokus stark auf das Ziel und nicht so sehr auf den Ablauf gerichtet ist.

Lia-Mara hatte sich auf Anhieb mit dem schlanken, grauhaarigen, in die USA ausgewanderten Japanischen Meister in dieser Sportart verstanden. Sie war sein gelehrigster und diszipliniertester Schüler. Und wann immer möglich, ließ sie sich durch ihn perfektionieren.

Seit dieser Zeit versuchte Lia-Mara sich täglich zu vervollkommnen.

In dieser Hinsicht gab es bei ihr keine Ausrede. Entweder vor einem Spiegel, draußen im Freien oder einfach nur gedanklich die Abläufe durchspielen. Dafür ist immer und überall genügend Zeit vorhanden, lautete ihr Credo.

Die Abläufe waren inzwischen so stark in ihre Festplatte eingebrannt, dass sie selbst bei Dunkelheit ihr Ziel selten verfehlte.

Nächtlicher Besuch

Robert parkte den Honda Civic mit den stark abgedunkelten Scheiben in einer kleinen, unbefestigten Nische neben der steil abfallenden, stark frequentierten Straße. Er versuchte sie zu überqueren, doch das erwies sich als nicht so einfach. Der entgegenkommende dichte Verkehr, meist tonnenschwere Lastwagen, schleuderte seine nachtschwarzen Abgaswolken aus den Endrohren und kroch im Schneckentempo, dicht an dicht, bergaufwärts. Ungeduldig und schweißüberströmt wartete er in der prallen Mittagssonne einige Minuten an der asphaltierten, backofenheißen Straße, bis sich endlich eine Lücke auftat und er auf die gegenüberliegende Seite in Sicherheit sprintete.

Onkel Hans hatte ihm den Honda besorgt und das Ziel „Ilha Bela" ins Navi eingetippt. Auf der kleinen Insel, mit dem tollen Namen Ilha Bela, Schöne Insel, bei Sao

Sebastiao, besaß er ein kleines, schmuckes Wochenendhaus in unmittelbarer Strandnähe.

Auf der Veranda kannst du relaxend den brechenden Wellen zusehen und dem Rauschen der Brandung horchen, hatte er ihm vorgeschwärmt, Robert den Schlüssel vom Haus übergeben und ihm eine gute Fahrt gewünscht.

Robert war auf direktem Weg auf die Stadtautobahn aufgefahren, danach über Sao Bernado do Campo Richtung Sierra. Er genoss die abwechslungsreiche Landschaft, die mit vielen kleinen Seen und Flüssen durchzogen war. Grasende oder auch wiederkäuende Kühe auf den Weiden, Pferde, die ihre Führungskämpfe austrugen, zogen seine ganze Aufmerksamkeit auf sich. Nur die synthetische Stimme aus dem Navi riss in öfters aus seinen Gedanken.

Dann, einige Zeit nach Sao Bernado do Campo, wand sich die dunkle, vor Hitze flimmernde Teerstraße steil aufwärts durch bewaldetes Gebiet. Am höchsten Punkt fiel sie plötzlich steil ab, schlängelte sich wie ein Bandwurm durch den etwas lichten Urwald.

Robert kletterte auf allen vieren auf der gegenüberliegenden Straßenseite den felsigen Abhang, der mit nackter, roter Erde durchzogen war, hinauf und leerte als Erstes seine volle Blase. Die letzten Kilometer hatte sie vehement reklamiert, wollte einfach vom Inhalt befreit werden.

Das Panorama war einfach überwältigend. Die spärlich bewaldete Landschaft fiel steil ab, dahinter breitete sich eine grüne, saftige Ebene aus, die durch den im lichten Dunst liegenden Atlantik, der mit dem Horizont verschmolz, begrenzt wurde.

Die Sonne stand im Zenit, verwöhnte seine Haut mit warmen Strahlen und trocknete sein nasses T-Shirt. Leichter, kühler Wind strich ihm ums Gesicht und die schmeichelnde Sonne erhellte ihn bis in die letzte Pore seines Seins. Vergessen die Strapazen, die negativen Erlebnisse, alles wie von Geisterhand einfach weggewischt.

Plötzlich vernahm er ein seltsames Geräusch neben sich, doch als er die beiden streitenden Papageien erblickte, musste er laut lachen. Ja, auch die haben ihre ganz eigenen Probleme. Mit diesen Gedanken legte er sich ins trockene Gras und schlief unmittelbar ein.

Kurze Zeit nach Cubertao kündete ein Ortsschild die Hafenstadt Santos an. Inzwischen saß Robert zweiundsiebzig Kilometer hinter dem Steuer und war über die Klimaautomatik, die er aber nur drei Grad unter die Außentemperatur regelte, heilfroh. Da er unkonzentriert vor lauter neuen Eindrücken im Kreisverkehr die falsche Ausfahrt nahm, meckerte das Navi ihn zweimal kurz hintereinander an, links abzubiegen.

Das Verkehrsaufkommen erhöhte sich augenblicklich. Doch kurz nach Santos wurde es dann wieder erträglicher, nachdem ihn der elektronische Helfer auf die Küstenstraße Richtung Norden dirigierte.

Robert konnte einfach nicht widerstehen; jedes Mal, wenn ein Parkplatz mit Blick aufs Meer auftauchte, musste er, ob er wollte oder nicht, eine kleine Rast einlegen und den Blick auf den unendlichen Atlantik in sich aufnehmen.

„Tuck, tuck, tuck", bollerte der Dieselmotor der kleinen Fähre, behäbig wie ein älterer Mensch mit Kreislaufproblemen, im unteren Drehzahlbereich vor sich hin. Die dunkle, übel riechende Abgaswolke verpestete unbeirrt die schöne Natur, was den Kapitän der Fähre nicht die Bohne interessierte.

Außer Robert nutzte nur noch ein Motorradfahrer die Fähre. Dieser saß relaxed auf seiner kleinen, aus der Mitte des letzten Jahrhunderts stammenden hundertfünfundzwanziger Honda direkt neben ihm. Das T-Shirt mit der neongrünen Aufschrift „THERE IS NO PLANET B" mit einer Weltkugel darunter abgebildet verkündete deutlich die Einstellung des Trägers!? Kaum anzunehmen. Wahrscheinlich verstand er den Inhalt dieser englischen Worte auf seinem Shirt gar nicht.

Ein kurzer Ruck, die Fähre setzte am Dock an. Der Motorradfahrer fuhr mit knatterndem Motor auf die Insel auf und verschwand mit lautem Geplärr aus dem Auspufftopf aus dem Blickfeld.

„Mein Gott, hier könnte ich für immer bleiben. Das ist das Paradies", schwärmte Robert. Die bequeme Hängematte war an der Holzveranda mit Karabinerhaken an den Balken befestigt und schaukelte leicht hin und her. Nun lag er schon über eine Stunde verträumt und selbstzufrieden in der Hängematte, genoss dieses einmalige Stück Erde, nahm alles in sich auf.

Das kleine, aus Naturstein liebevoll errichtete Haus lag nur einen Steinwurf vom Atlantik entfernt. Robert konnte einfach nicht genug bekommen von dem, was er wahrnahm. Die Wellen brachen sich mit einem beruhigenden, rhythmischen, immer wiederkehrenden Rauschen auf dem Sandstrand und hinterließen jedes Mal ein anderes Muster im feinen, hellbraunen Sand.

Wenn die Wellen auf den Strand treffen, bringen sie dann mehr Sand mit oder schaufeln sie eine größere Menge wieder zurück in den Atlantik?, sinnierte er kurz. Doch die Schreie der Möwen, die im azurblauen Himmel ihre gekonnten Flugmanöver vollführten, brachten ihn schnell wieder ins Hier und Jetzt.

Das vom Urwald umgebene, kleine eingeschossige Haus, das abgelegen und idyllisch am äußersten südlichen Zipfel der Insel lag, würde als Schauplatz bei jeder amerikanischen Liebesschnulze Höchstnoten erzielen.

Der gemauerte, überdachte Grill, die Süßwasserdusche zwischen Haus und Schuppen, der einen Katamaran, ein See-Kajak sowie ein Naked-Bike, eine rot-weiße 390

KTM Duke, beherbergte, vermittelten Robert das Gefühl von Freiheit und Luxus pur.

An dieses Dolce Vita könnte ich mich schnell gewöhnen, waren seine ersten Gedanken, kurz nachdem er angekommen war, seine Klamotten im Haus verstaut hatte und sich von den weiß schäumenden Wogen tragen ließ.

Dieser Ort verzauberte Robert auf Anhieb, ließ ihn ein wenig schnuppern, wie schön ein freies, unbeschwertes Leben im richtigen Umfeld sich anfühlte. Ein Leben ohne wesentliche Einschränkungen, frei von selbst auferlegten Zwängen, die irgendwann zur Routine werden und die Kreativität langsam, Stück für Stück, sterben lassen.

Im kleinen, nach exotischen Gewürzen und Früchten riechenden Tante-Emma-Laden, der am Weg zum Wochenendhaus lag, besorgte Robert seine Lebensmittel. Von der Cola über Brot bis hin zum frischen Fisch, einfach alles Notwendige bot die junge, hübsche Mulattin in ihrem Geschäft an. Der Cafezinho, den sie ebenfalls ausschenkte, war ein absolutes Gedicht, wie auch das Pao de Queijo, das Brötchen mit eingebackenem Käse.

Nur das süße Lächeln der mittelgroßen, schokoladenbraunen Schönheit konnte all dies noch übertrumpfen. Wenn Larissa Robert mit ihren ebenmäßigen, schneeweißen, in der Sonne blitzenden Zähne und ihren grünlich schimmernden Augen anhimmelte, erwärmte sich sein Herz und das ganze Universum stand für einen kurzen Augenblick still. Er sah durch ihre Augen in ihre Welt und Larissa sah durch seine in dessen Welt. Es war, als seien auf wunderbare Weise urplötzlich die Welten der beiden miteinander verschmolzen.

Die beiden sprachen nicht dieselbe Sprache, verstanden sich doch auf Anhieb ohne Worte.

Die Vorzeichen standen sehr gut, dass aus dem Funkeln in ihren Augen ein gewaltiger Sonnensturm erwachsen könnte.

Nun konnte Robert den von Europäern viel zitierten Spruch – schöne Frauen gehören zu Brasilien wie der strahlend blaue Himmel, der Samba und das weite, azurblaue Meer – am eigenen Körper erleben.

Robert schlief in dieser Nacht unruhig. Irgendetwas stimmte nicht, meldete eine innere Stimme. Dann, als die Geisterstunde kurz überschritten war, fiel er in einen unruhigen Schlaf.

Nebelschwaden standen unbewegt, gespenstisch zwischen dem undurchdringlichen Dickicht. Wilde Tiere gaben fremdartige Laute von sich, die jedoch sofort vom Nebel geschluckt wurden. Mit aller Gewalt kämpfte sich Robert vorwärts, doch er konnte seine Beine nicht heben, egal wie sehr er sich auch anstrengte. Er kam nicht vom Fleck. Die Angst steigerte sich von Sekunde zu Sekunde mehr und mehr ins Uferlose. Da war was Unheimliches, er spürte es genau! Da musste etwas sein, doch er konnte davor nicht flüchten, war wie am Boden festgeklebt. Seine Anspannung stieg ins Unermessliche, ließ seinen

Blutdruck hochschnellen. Schweiß trat in kleinen Rinnsalen aus jeder einzelnen Pore seines Körpers.

„Neeeiiiinn", schrie er laut, doch der Schrei erstickte im Hals. Eine Hand legte sich fest über seinen Mund, bevor der Laut aus seinem Rachen ins Freie drang.

„Ruhig, ich bin's", flüsterte eine leise, ihm bekannte, kaum wahrnehmbare Stimme im dunklen Raum. Lia-Mara kniete neben seinem Bett, gab ihm mit gestrecktem Zeigefinger vor der Lippe zu verstehen, sich ruhig zu verhalten und sofort lautlos durch die Hintertür zu verschwinden.

Immer wieder mahnte sie mit Handzeichen zur absoluten Stille. Robert kroch aus dem Bett, schlich vorsichtig geduckt zur offen stehenden Tür und verschwand lautlos im nächtlichen Urwald hinterm Haus.

Lia-Mara formte die im Zimmer abgelegten Kleidungsstücke von Robert zu einer langen Rolle, legte sie unter die dünne Decke aufs Bett. Auf das Kopfkissen stellte sie seine Schuhe, die sie ebenfalls mit der Bettdecke leicht bedeckte.

Durch die aufgewölbte Bettdecke sah es im schummrigen Mondlicht aus, als würde jemand im Bett liegen und seelenruhig schlafen.

Von der gegenüberliegenden Seite des Bettes, vom trüben Licht eingehüllt wie ein Indianer in der Hocke auf den Fersen sitzend, beobachtete Lia-Mara aufmerksam den gesamten Raum.

Ein plötzliches, leises Kratzen an der Tür ließ sie aufhorchen.

Sie spannte wie eine Raubkatze vor dem Sprung jeden einzelnen Muskel in ihrem Körper an.

Stück für Stück öffnete sich langsam und lautlos die Tür. Eine dunkle, mit Motorradhaube vermummte Person scannte den düsteren Raum gleichmäßig ab. Vorsichtig näherte sich der Eindringling dem Bett. Hob behutsam die rechte Hand.

„Blopp, blopp, blopp", dann kehrte wieder Totenstille ein, als wäre nichts geschehen. Jederzeit schussbereit schritt der Eindringling mit erhobener, schallgedämpfter Waffe vorsichtig auf das Bett zu.

Im selben Moment schnellte Lia-Mara ungestüm wie ein Nachtfalke beim Beutegreifen aus ihrem Versteck hervor. Die aus mehrfach gehärtetem Stahl gefertigten Klingen blitzten kurz im kalten Mondlicht auf. Mit der gesamten Wucht ihres Körpergewichts stieß sie dem Eindringling unterhalb des linken Schulterblatts die Klinge in den Rücken, direkt von hinten ins Herz. Gleichzeitig fuhr sie mit dem zweiten rasierklingenscharfen Messer in ihrer rechten Hand über seine Kehle.

Ein kurzes Röcheln, und ein Leben war für immer ausgelöscht. Die Leiche schlug dumpf auf dem Holzboden auf. Ein letztes Zucken durchfuhr die gesamte Muskulatur und eine riesige Blutlache breitete sich neben dem Kopf aus.

Dann kehrte wieder Stille ein und die Erde drehte sich unbekümmert, wie seit Urzeiten, in ihren vorgegebenen Bahnen, als wäre nichts geschehen.

„Robert ..., Robert, die Luft ist rein, du kannst kommen", rief sie ihn mehrmals mit gedämpfter Stimme hinter dem Haus.

„Was ..., was ... ist geschehen. Lia-Mara, kannst du mich endlich mal aufklären, was hier abgeht?", fragte Robert erregt und außer sich, zitterte wie Espenlaub am ganzen Körper.

„Später, zuerst müssen wir, bevor es hell wird, die Leiche verschwinden lassen."

„Leiche? Von welcher Leiche redest du?", gab er irritiert von sich.

„Von der Leiche, die in deinem Schlafzimmer liegt, du Eumel. Und jetzt komm schon, wir müssen uns beeilen und das Auto des Toten ebenfalls verschwinden lassen", mahnte sie ihn erneut zur Eile.

„Es ist ein VW Caddy, ich habe ihn auf dem Weg hierher entdeckt. Er steht ungefähr zweihundert Meter von deiner Einfahrt entfernt", erklärte sie ihm in einem Befehlston, der keinen Widerspruch duldete.

„Aber wie sollen wir ihn wegbringen ohne Autoschlüssel?"

„Mit dem hier", antwortete sie und hielt ihm einen Autoschlüssel vor die Nase.

„Ich fahre den Caddy und du folgst mir mit deinem Auto. Und jetzt komm endlich in die Gänge, quatschen können wir später."

Lia-Mara hielt an einer steilen Linkskurve an. Sie waren inzwischen ungefähr eine halbe Stunde der Küstenstraße Richtung Rio de Janeiro gefolgt. Hier fällt das nicht mit einer Leitplanke gesicherte Gelände steil zum Meer hin ab.
Lia-Mara öffnete sämtliche Fenster und die beiden Vordertüren des Caddys.

Sie lief links neben dem rollenden Auto her, hielt mit der einen Hand die Tür offen, mit der anderen das Lenkrad, während Robert es mit beiden Händen auf die Klippe zu schob.

Mit einem lauten, klatschenden Geräusch und stiebenden Fontänen schlug der Caddy auf dem Wasser auf. Der Atlantik verschluckte langsam mit einem dumpfen Tosen und Gurgeln den Wagen in seinem Schlund.

Warum haben wir die Fenster und beide Autotüren geöffnet, hatte Robert sie auf der Rückfahrt gefragt. Sie erklärte ihm, dass eine der beiden Türen beim Aufprall sicherlich offen blieb, und wenn durch Zufall irgendjemand das Auto fand, dann würde man annehmen, der Fahrer habe sich befreien können. Und mit offenen Fenstern sinkt das Auto viel schneller als mit geschlossenen, ist doch logisch, beendete sie das Thema.

„Die Leiche beschweren wir mit den beiden Eisenstangen hier", wies sie ihn an.

Mit vereinten Kräften hievten sie die Leiche auf das Kajak. Der tote Mann lag wie ein gut verpacktes Paket, mit einem dicken Tau umwickelt, zwei Eisenstangen auf dem Bauch fixiert, flach auf dem Boot. Irgendwie sah das Ganze irreal aus. Es erinnerte Robert an eine Szene aus dem Film Moby Dick, bei dem ein toter Seemann bei seiner Seebestattung über die Planken auf einem Brett ins Meer geschoben wurde.

Robert paddelte sehr weit aufs offene Meer raus, damit die Strömung ihn nicht zurück Richtung Insel trieb. Die ganze Zeit über versuchte er nicht über das Ganze nachzudenken. Er wollte nur funktionieren und verdrängte jeden Gedanken an das Geschehene.

Lia-Mara säuberte in der Zwischenzeit den Schlafzimmerboden sehr gründlich. Kein Blutströpfchen entrann ihrem chemischen Reiniger, den sie im Abstellraum entdeckt hatte. Sämtliche Türen und Wände wischte sie akribisch, ja fast klinisch sauber. Weder Fingerabdrücke noch DNA-Spuren von dem Eindringling waren nun im Hause auffindbar.

„Inzwischen begreife ich die Welt nicht mehr", gab Robert mit schüttelndem Kopf von sich, als sie miteinander frühstückten. Der frische Kaffee verbreitete sein würziges Aroma im ganzen Raum und Lia-Mara verdrückte inzwischen schon ihr drittes Pao de Queijo.

„Okay, aber lass uns zuerst in aller Ruhe dies Frühstück genießen."

Robert hatte im kleinen Laden der Mulattin frische, noch warme Brötchen, etwas Honig und herrlich duftende Apfelsinen besorgt. Larissa empfing ihn mit ihrem süßesten Lächeln, Robert konnte jedoch nicht richtig darauf eingehen, die furchtbaren Erlebnisse der letzten Nacht zerrten schwer an seinem Nervenkostüm.

„Willst du den Suco de Laranja mit oder ohne Fruchtfleisch?", fragte Lia-Mara ihn, während sie die leuchtend rotgelben, herrlich duftenden Orangen in zwei Hälften schnitt.

„Was für eine Frage. Natürlich mit, sonst kann ich gleich das totgekochte Zeug aus den Flaschen trinken", gab er wieder gefasst, mit einem schelmischen Grinsen im Gesicht, zur Antwort.

Lia-Mara presste mit aller Kraft die Hälften bis aufs letzte Teilchen vom Fruchtfleisch aus.

„Hm, das Zeug macht süchtig! Ich könnte es literweise vertilgen."

„Ja, diese zuckersüßen Orangen lassen die Geschmacksnerven jubilieren. Sie breiten sich im Mundraum wie ein sonnenverwöhnter Tag aus", bestätigte Lia-Mara ihn und leckte mit ihrer großen Zunge über die vollen Lippen.

Robert wusste in diesem Moment nicht, was ihn ritt. Streichelte unterm Tisch zärtlich mit seinem Fuß über Lia-Maras Bein.

„Robert, stopp! Unterlass das bitte. Das Thema ist schon durch", kam impulsiv über ihre Lippen.

„Ich will keine Beziehung. Weder mit dir noch mit jemand anderem", mahnte sie ihn. Ihr Gesichtsausdruck hatte sich plötzlich verdunkelt, gab den Anschein von einem aufziehenden Gewitter.

„Robert, du bist ein intelligenter, netter Typ. Irgendwie mag ich dich inzwischen, aber eher wie ein Bruder. Ich bin nicht der Beziehungsmensch.

Nein, das ganze Familiengetue, ewige Treue und so, ist nicht mein Ding", erklärte sie seelenruhig, ohne Aggressionen. Und Robert spürte, dass sie aus ihrem Innersten sprach, dass sie dies nicht nur sagte, sondern auch danach lebte. Es war ein Teil von ihr.

Kapitel 7

Der Wendepunkt

„Ich muss Pipi machen! Ich muss Pipi machen …!
Ich will raus!
Ich will nicht mehr in diesem blöden Auto sitzen!
Ich habe Hunger!
Ich muss …", schrie Lia-Mara zornig und überdreht mit hochrotem Kopf. Immer und immer wieder. Sie stresste ihre Eltern schon seit einer Stunde, war einfach übermüdet und konnte auf der Rückbank des Autos in ihrem Kindersitz keine Ruhe finden.

Den letzten Arbeitstag hinter sich und die lang ersehnten Ferien waren zum Greifen nah. Die Eltern von Lia-Mara starteten schon im Morgengrauen Richtung Sylt. Alle freuten sich, endlich wieder einmal mehr Zeit mit der ganzen Familie zu verbringen. Morgens in aller Ruhe gemeinsam frühstücken, danach eine kleine Tour mit den Fahrrädern. Einfach nur so in den Tag hinein leben.

Die von den Großeltern geerbte Ferienwohnung lag nur einen Steinwurf vom Strand entfernt und Lia-Mara konnte sich bei ihrer Lieblingsbeschäftigung, Sandburgen bauen, nach Herzenslust austoben.

Sie standen in aller Herrgottsfrühe auf, um dem dichten Urlaubsverkehr zu entgehen, und starteten mit ihrem voll beladenen VW Caddy wohlgelaunt.

Bei der Auffahrt auf die Autobahn A5 bei Weil am Rhein herrschte noch frühmorgendliche Ruhe. Nur wenige PKWs fuhren um diese Zeit Richtung Norden. Sie kamen schnell voran. Nach Freiburg im Breisgau verdichtete sich dann unerwartet schnell das Verkehrsaufkommen.

Lia-Maras Vater bemühte sich mit allen Kräften, sich auf den Verkehr zu konzentrieren, was bei dem wütenden Geschrei seiner Tochter eine große Herausforderung darstellte.

Zweimal hatten sie auf der kurzen Strecke schon angehalten. Doch jedes Mal Fehlalarm. Lia-Mara musste nicht Pipi machen, kein einziger Tropfen begrüßte die Toilettenschüssel. Kaum saßen sie wieder im Auto, schon ging die Post wieder ab, dasselbe Spiel. In solchen Augenblicken war das kleine, energiegeladene Mädchen einfach ungenießbar. Ein leistungsstarker Kernreaktor mit eintausendfünfhundert Megawatt Leistung würde in solchen Momenten neben der Energie und dem starken Willen von ihr gänzlich verblassen.

Die kleine, schmächtige, fünfjährige Lia-Mara hatte die Nacht vor der Abfahrt kaum geschlafen. Sie redete und redete, fand kein Ende. Lia-Mara erzählte bildhaft, wie schön und groß ihre Sandburgen werden würden. Dass sie mächtige, verzauberte Fische mit ihrem neuen Fischnetz einfangen werde und ... und ... und.

Nichts fruchtete. So sehr die Mutter auch versuchte, Lia-Mara während der Fahrt abzulenken. Die Kleine wollte keine scheiß Lieder singen, keine blöden Ratespiele spielen, keine langweiligen Baby-Märchen-CD hören. Nein, sie wollte nur rebellieren.

„Schatz, unser Urlaub fängt ja schon gut an", bemerkte er liebevoll zu seiner Frau und warf ihr lächelnd einen Kuss zu.

Im selben Moment beugte sich, unbeachtet von den Eltern, die kleine Lia-Mara auf der Außenseite vor. Sie hatte unbemerkt die Haltegurte ihres Sitzes gelöst. Riss urplötzlich, ohne Ankündigung, ihren Vater so kräftig am Haar, dass er reflexartig das Lenkrad nach links verzog.

Ein kurzer Aufschrei, und schon war es geschehen.

Der VW Caddy wechselte abrupt mit quietschenden Reifen auf die linke Seite, die Überholspur. Dann, wie von Geisterhand, ein ohrenbetäubender Schlag von hinten. Ein hell sprühender Funkenregen zerschnitt für einen Moment die einsetzende Morgendämmerung.

Schleifendes, kratzendes Blech und dumpf splitterndes Plastik durchbrachen das typische monotone Autobahngeräusch der singenden Reifen.

Der gerammte VW Caddy schlitterte wie ein Schlitten auf Schnee seitlich über den Asphalt. Im Auto herrschte Chaos. Die Familie schrie in Todesangst wild durcheinander. Scheiben barsten, Gepäckstücke flogen wie schwerelos umher.

Dann folgte kurz hintereinander mehrmals ein dumpfer Schlag, der Caddy überschlug sich seitlich.

Die Schreie verstärkten sich zu einem ohrenbetäubenden Jammern. Das Jammern der

Todgeweihten. Sie verloren jegliche Orientierung, hatten das Gefühl, sich im Schleudermodus einer Wäschetrommel zu befinden.

Schlagartig, für eine Millisekunde, stoppte eine Leitplanke den Caddy. Doch die beschleunigte Masse siegte, katapultierte das Auto im hohen Bogen auf die gegenüberliegende Fahrbahn. Das mit hoher Geschwindigkeit entgegenkommende Fahrzeug hatte keine Chance mehr, auszuweichen.

Vier Tote und zwei schwer verletzte Personen. Das traurige Resultat durch kurzes Haarezerren. Unter den Toten befanden sich Mutter und Vater von Lia-Mara. Für sie kam jede Hilfe zu spät. Beide verstarben noch am Unfallort.

Der Hubschrauber flog die kleine, ohnmächtige Lia-Mara in die Universitätsklinik Freiburg.

Ein paar geprellte Rippen und Abschürfungen, ergaben die intensiven Untersuchungen.

Wie durch ein Wunder kam das kleine Mädchen ohne nennenswerte Verletzungen davon. Lia-Mara hatte Glück im Unglück. Sie war in den Fußraum hinter dem Fahrersitz gefallen. Durch die bewegte Masseeinwirkung schnellte dieser nach hinten, schützte sie so wie ein Protektor vor dem sicheren Tod.

Ab diesem Augenblick drehte sich die Welt für das kleine Kind in einem anderen Rhythmus. Es war nichts mehr, wie es einmal gewesen war.

Lia-Mara musste sich sehr früh von ihrer so erfüllten, fröhlichen und unbelasteten Kindheit durch nur eine winzige, unbesonnene Kleinkindhandlung verabschieden.

Dies einschneidende Ereignis prägte ihr ganzes weiteres Leben. Die immer wiederkehrenden Geister der Schuldfrage ließen sie nicht zur Ruhe kommen.

Es war, als spiele sich immer derselbe Film in ihrem Kopf ab, den sie einfach nicht loswurde.

Worte wie Geborgenheit und Sicherheit kannte sie nur durch Googlen.

Lia-Mara war sich sehr bewusst, was sie nicht wollte. Doch was sie wollte, sich insgeheim wünschte, stand irgendwo unergründet in einer hinteren, gut versteckten Gehirnwindung fest verschlossen. Sie ängstigte sich vor dem Tag, an dem sie dies freilegen würde. Flüchtete vor sich und ihren wahren Gefühlen.

Ihre Tante, bei der sie aufwuchs, versuchte ihr Liebe und Geborgenheit zu schenken, die sie mit Bravour verweigerte.

Das ganze Leben ist meist eine Suche, doch bei Lia-Mara eher eine Flucht vor der eigenen Wahrheit.

Liebe war für sie wie eine Sternschnuppe am nächtlichen Himmel, die in Wirklichkeit nur einen bereits verbrannten Klumpen speziellen Materials ausmacht.

Der seltsame Fund

Robert sah Lia-Mara geistesabwesend und doch erwartend an, während sie in sich gekehrt dasaß. Eine kleine, kaum wahrnehmbare Sorgenfalte auf ihrer Stirn ließ erahnen, dass sie in eine andere Welt eingetaucht war. Dem Anschein nach nicht unbedingt in eine sonnendurchflutete.

„Hallo Robert …, hallo …, aufwachen, nicht träumen", riss sie ihn plötzlich aus seinen Beobachtungen.

„Hier spielt die Musik", fügte Lia-Mara hinzu, und ihr Grinsen signalisierte, dass sie sich unvermittelt wieder im Hier und Jetzt aufhielt.

„Mir ist einfach nicht klar, wie sie dich hier, am Arsch der Welt, überhaupt finden konnten. Niemand außer deinem Onkel kannte deinen Aufenthaltsort", stellte sie nüchtern fest. „Du hast doch mit niemand telefoniert oder gar ausgeplappert, wo du dich aufhältst?"

„Nein, mit wem hätte ich auch telefonieren sollen?", gab er ein wenig mürrisch zur Antwort. Er hasste es, wenn sie ihn so in die Zange nahm, ihn regelrecht wie eine schon ausgepresste Orange nochmals mit aller Gewalt in die Presse drückte.

„Es kann doch kein Zufall sein, dass sie ausgerechnet hier auf dich gestoßen sind …, nein, solche Zufälle existieren nicht", bestätigte sie sich mit einer nicht zu toppenden Souveränität selbst.

„Robert, irgendetwas muss es geben, das dich verraten hat, sodass sie dich hier gefunden haben. Hast du dafür eine Erklärung?"

„Nein, habe ich nicht."

„Komm, zieh dich aus, aber alles, auch deine Uhr", befahl sie ihm spitz ohne Vorwarnung.

„Sag mal, bist du jetzt ganz bescheuert, oder was?", rebellierte er, und sie schmunzelte, als er plötzlich so aufmüpfig und trotzig wie ein Kleinkind wurde.

„Nur keine Angst, bist nicht der erste Kerl, der nackt vor mir steht", neckte sie ihn mit Hochgenuss, schüttete noch mehr Öl ins Feuer.

„Aber wäre schon mal interessant zu sehen, wie gut du bestückt bist! Hihihi …"

„Hahaha, ist ja echt zum Totlachen. Auf deine blöden Späße habe ich jetzt wirklich keinen Bock, Lia-Mara. Echt nicht. Wir haben einen Menschen getötet und du …, du … hast nichts Besseres zu tun, als hier blöd rumzulabern."

„Ach, der Kleine ziert sich, hat wohl Angst, sich vor einer erwachsenen Frau nackt auszuziehen."

„Mal echt. Warum soll ich mich jetzt auch noch ausziehen? Wir haben wohl ganz andere Probleme", verteidigte er sich wütend.

„Hör mal her, du Mimöschen: Ich will schauen, ob irgendein Sender in deinen Klamotten oder deiner Billig-Uhr steckt. Verstehst du, Knalltüte, und jetzt mach mal hin", befahl sie ungerührt mit scharfem Ton, schob dabei ihre Lippen leicht kräuselnd nach vorne.

Lia-Mara nahm sich konzentriert, ja fast andächtig jedes einzelne Kleidungsstück vor. Tastete mit den Fingerkuppen Quadratzentimeter um Quadratzentimeter wie ein Qualitätskontrolleur ab. Gleichzeitig scannten ihre Argusaugen misstrauisch jedes Stück. Nähten und Taschen widmete Lia-Mara ihre besondere Aufmerksamkeit.

Robert setzte sich in der Zwischenzeit wieder auf den Stuhl und beobachtete das Ganze mit skeptischer Miene.

Nun zog sie eines ihrer Wurfmesser aus der Scheide und öffnete mit der Spitze Roberts Kunststoff-Uhr mit einem leichten Klack. Nachdem sie die Batterie und das Innenleben der schwarzen Swatch genauestens unter die Lupe genommen hatte, verstaute sie die Batterie wieder an ihrer dafür vorgesehenen Aussparung, verschloss sie und gab sie ihm zurück.

„So, das hätten wir. Deine Klamotten, Schuhe und Uhr sind clean. Stell dich bitte mal hin", forderte sie ihn oberlehrerhaft auf, hob dabei ihre Hand langsam befehlend an.

Lia-Mara ließ ihren Blick über ihn schweifen, verharrte kurz bei seinem Unterleib. „Na ja, anschaulich, anschaulich", bemerkte sie höhnisch und ging einen Schritt auf ihn zu.

Von Kopf bis Fuß begutachtete sie wie der Fleischbeschauer in einer Schlachterei akribisch jeden Zentimeter Haut.

„Was ist das hier?", fragte sie voller Konzentration und betastete die kleine Narbe an Roberts rechtem

Oberarm. Urplötzlich machte sich wieder ihr fürchterliches Jucken auf dem rechten Handrücken breit. Ihre innere Alarmglocke lief auf Hochtouren. Ja, da war es wieder, das eindeutige Zeichen, dass sie auf der richtigen Spur sein musste.

„Eine Narbe, siehst du doch."

„Halt mal die Luft an, du Neunmalklug, und antworte nur präzise auf meine Fragen", befahl sie, dann begutachtete sie sorgfältig die rötlich schimmernde Narbe und tastete sie mit dem Zeigefinger vorsichtig ab.

„Hm …, der Farbe nach kann die Narbe noch nicht sehr alt sein", stellte sie fachmännisch fest und schaute ihn dabei nachdenklich an.

„Nein, sie ist noch nicht alt", antwortete er ruhig und nahm ihren warmen Atem wahr.

„Ach, sieh mal an, und wie hast du sie dir denn eingefangen?", kam wie aus der Pistole geschossen unvermittelt die nächste Frage.

„Als ich vor Kurzem zum Einkaufen unterwegs war, hat mich ein unachtsamer entgegenkommender Handwerker auf dem Gehsteig angerempelt. Irgendeinen Gegenstand hielt er in der Hand, mit dem er mich am Oberarm traf, der Trottel. Tat höllisch weh, doch er entschuldigte sich tausendmal, dass er gepennt hat", berichtete Robert.

„Aber hier, das ist doch eine Verdickung unter der Narbe?"

„Ja, der Arzt meinte, das kann es schon mal geben. Eine Verknorpelung. Wäre nicht weiter tragisch."

„Wenn das eine Verknorplung ist, dann bin ich Cleopatra", lästerte sie ab und tastete mit ihren Fingerkuppen ganz vorsichtig um die Narbe herum.

„Aaauuu, Scheiße, das schmerzt", schrie Robert laut, als sie die Verdickung zwischen die Finger nahm und die Haut nach außen zog.

„Nur nicht gleich weinen, Bubi. Du kannst die Klamotten wieder anziehen. Gibt es im Haus einen Erste-Hilfekasten oder so was Ähnliches?"

„Ja, im Bad, rechts neben dem Toilettenschrank steht ein Medikamentenschränkchen. Aber was willst …", bevor er den Satz beendete, war sie auch schon auf dem Weg.

„Hier hast du zwei Schmerztabletten, spüle sie mit einem kräftigen Schluck Wasser, noch besser mit dem Zuckerrohrschnaps, der im Kühlschrank steht, runter, und keine Diskussionen!", gab sie gebieterisch ihre Anweisung.

„Die haben dir einen Sender in den Arm geschossen und du Hirni merkst das nicht mal. Mei …, mei …, so blöd kann ein Mensch alleine doch nicht sein."

Lia-Mara legte eine sterile, in Plastik eingeschweißte Pinzette, ein Fläschchen Jod und Wundverband akkurat nebeneinander auf den Tisch vor sich hin. Die rasiermesserscharfe Klinge ihres Wurfmessers übergoss sie mit Jod.

„Was machst du da? Es ist doch nicht etwa das, was ich gerade denke?"

„Wusste gar nicht, dass du denken kannst. Ist ja ne ganz neue Seite, die du da offenbarst", gab sie zur Antwort und nickte anerkennend mit dem Kopf.

„Nimm das hier zwischen die Zähne. Wenn du´s nicht mehr aushältst, kannst du darauf beißen. Und hier die gute Nachricht: Es wird nur ganz kurz höllisch schmerzen." Gleichzeitig schob sie ihm eine kleine flache Holzschiene, die sie dem Medikamentenschrank entnommen hatte, gegen seinen Willen quer in den Mund.

„AAhhhh …, aaauuu …, Scheiße, bist du bescheuert, oder was?", schrie er, nachdem sie mit dem Messer einen präzisen, drei Zentimeter langen Schnitt auf der Vernarbung gezogen hatte.

Zuerst bildeten sich nur einzelne, dunkelrote Blutstropfen auf der klaffenden Wunde, plötzlich verstärkte sich die Blutung. Lia-Mara träufelte ein wenig Jod in die offene Stelle und er schrie rückhaltlos wie am Spieß.

„Ja, mein Lieber, das Beste kommt zum Schluss", kommentierte sie mit einem zuckersüßen Lächeln.

Mit Mull tupfte sie das Blut ab und stocherte kurz mit der Pinzette in der Wunde und Robert schrie so laut, dass das Geschirr im Schrank wackelte.

„Ach, hier haben wir den Übeltäter", frohlockte Lia-Mara und demonstrierte souverän wie ein Champion mit erhobenem Siegerpokal den Fund.

„Robert, wo ist der Sender?", fragte ihn Lia-Mara.

„Ach, den habe ich gut versorgt."

„Was heißt hier gut versorgt, du hast ihn doch nicht einfach in den Abfall geworfen", erkundigte sie sich sichtlich enttäuscht.

„Nein, meine Liebe. Der schwimmt jetzt im Atlantik. Ich war heute früh angeln und habe ihn meinem ersten Fang tief in den Rachen geschoben und ihn wieder in die Freiheit entlassen", gab er voller Erfinderstolz von sich.

„Bist doch nicht ganz so eintönig, wie ich angenommen habe", kommentierte sie.

Das Damoklesschwert

Lia-Mara blickte sich mehrmals prüfend um, sie wollte ganz sichergehen, dass sie nicht beobachtet wurde. Die Tür zum Hintereingang war nur angelehnt. Der Hotelboy hatte sein Wort gehalten. Ganz sachte schob sie die angelehnte Tür Stück für Stück auf. Niemand hielt sich im Flur des Angestelltenzugangs zum Hotel Melida Paulista auf.

Dem im Kopf abgespeicherten Gebäudeplan nach musste sie die zweite Tür auf der rechten Seite nehmen. Und so war es auch. Sie stand unmittelbar vor dem Aufzug. Der Lift summte, ein kurzes Klacken, und schon öffnete sich automatisch die aluminiumverkleidete Tür. Beim Anfahren und Stoppen auf der gewählten Etage ruckte der Aufzug.

Lia-Mara klappte ihr Ultrabook auf, vergewisserte sich mittels der entsprechenden Software der Anwesenheit einer bestimmten Person. Erleichterung huschte über ihr Gesicht, der Gast hatte in der Zwischenzeit sein Zimmer immer noch nicht betreten. Dann fuhr sie mit dem Cursor auf Öffnen; Doppelklick, und die Zimmertür zur Suite sprang mit einem metallischen Klick auf.

Ja, der ehrenwerte Herr Professor Dr. A. Schwarzenberger hält sich gerne in einer luxuriösen Umgebung auf. Für manche ist das Feinste gerade noch gut genug, dachte Lia-Mara nicht ganz emotionslos mit einem schelmischen Glanz in ihren Augen.

Der schwarze, fünfundfünfzig Zoll LED-Flachbildschirm von Samsung war auf einem verchromten Drehteller an der Wand montiert und in jede Richtung schwenkbar.

Super, das Ding ist ans Internet angeschlossen und verfügt über eine eingebaute Kamera, das bedeutet weniger Aufwand für mich, freute sich Lia-Mara.

Im Schlafzimmer suchte sie nach einem geeigneten, gut versteckten Platz für die mitgebrachte, schwenkbare Mini-Webcam.

Die indirekte Beleuchtung gegenüber dem französischen Bett wurde zu ihrer ersten Wahl erkoren. Der schmale, schwarze Esszimmerstuhl mit hoher

Rückenlehne und verchromten Beinen diente ihr als Arbeitspult. Doch die Lederpolsterung der Sitzfläche stellte sich als sehr instabil heraus. Beim Draufstehen musste sie sehr vorsichtig sein, damit sie bei der Montage der Spionagekamera nicht das Gleichgewicht verlor und stürzte.

Mit ausgestreckten Armen reichte sie knapp an die kleine Nische neben der LED-Leuchte.

So langsam machte sich eine Unruhe in Lia-Mara breit, der Professor konnte ohne Vorwarnung jeden Augenblick in der Suite auftauchen.

Bei dieser gestreckten Haltung fingen dann zu allem anderen auch noch ihre Unterarme an zu kribbeln.

„Scheiße, warum müssen diese Kurzschluss-Elektriker auch immer solche idiotischen Stellen aussuchen, um ihre sündhaft teuren Artikel zu montieren", wetterte sie leise, tierisch genervt durch die ungewohnte, anstrengende Haltung.

Lia-Mara saß entspannt in der Wohnung und begutachtete aufmerksam ihre Aufzeichnungen.

„Dass diese alten Säcke sich auch immer unverbrauchte, blutjunge Hüpfer nehmen müssen. Bin mir sicher, die Schisser haben Mores vor einer gleichaltrigen, erfahrenen Frau", kommentierte sie abwertend das Gesehene.

Zwei Tage zuvor:

Nachdem sie den Belegungsplan des Hotels überprüft hatte, wusste sie, was zu tun war. Lia-Mara montierte gut getarnt eine Kamera im Schlafzimmer der Suite. Diese steuerbare Mini-Webcam deckte den gesamten Raum ab. Zusätzlich aktivierte sie die im TV eingebaute Kamera auf Dauerbetrieb, zu ihrem Bedauern leider mit einem begrenzten Bildausschnitt.

Zwei volle Tage zeichnete das Gerät jede Aktivität in der Suite auf die Festplatte. Lia-Mara konnte ihren Drang jedoch nicht unterdrücken, neben anderen Recherchen im Internet immer wieder einen Blick auf die zwei separaten Bildschirme, die das Geschehen im Hotel präsentierten, zu werfen. So konnte sie je nach Bedarf die Mini-Webcam auf das Objekt der Begierde ausrichten und heranzoomen.

Beim Bearbeiten des aufgezeichneten Materials löschte Lia-Mara alles bis auf die eindeutigen und anstößigen Sexszenen, bei denen man den Professor Dr. A. Schwarzenberger und seine junge Gespielin gut erkennen konnte.

„Tja, da sehen wir wieder: Es ist unwichtig, was man macht, sondern, wer man ist. Dass diese beiden Seiten oft meilenweit auseinanderklaffen, bringt dies hier wieder klar und deutlich ans Licht. Nicht mal die Fliegen wollen mit diesen absurden Typen was zu tun haben", kommentierte sie beim Bearbeiten. Eine Fliege mit ihren dünnen, behaarten Beinen hastete nervös über den Bildschirm. Sie stoppte kurz, bewegte den Kopf mehrmals hin und her, als schüttelte sie ihn verständnislos, und flog mit lautem Summen davon.

Lia-Mara legte eine Datei unter der Bezeichnung „Verfehlungen" an, rieb sich genüsslich die Hände, kopierte das Ganze in ihre externe Cloud und zusätzlich auf einen rot blinkenden Stick.

Lia-Mara stand ruhig, unbeweglich und innerlich angespannt im Hotelzimmer der Luxus-Suite an die Wand gelehnt neben der Tür. Jeden Augenblick musste sie sich öffnen. Ihre innere Anspannung stieg.
Ein kurzer Klick und sie wurde zu ihrer Seite hin geöffnet.
Der Professor trat gedankenverloren in seine Suite ein. Stieß mit dem Fuß die Tür zu, beide Hände mit Geschenken für die Familie in Deutschland beladen.

Das harte Tackern der hohen Frequenzen des Elektroschockers durchbrach für ein paar Sekunden die Stille des Raums. Der als Taschenlampe getarnte Air-Taser feuerte seine Zweihundertfünfzigtausend-Volt-Blitze erbarmungslos auf den Rücken des Professors.
Ein kurzes Stöhnen, seine Muskeln zogen sich krampfartig zusammen, und er fiel bewegungslos wie ein nasser Sack mit einem dumpfen Schlag auf den spiegelblanken Parkettboden.
Lia-Mara musste schnell reagieren, da die eingetretene Schockstarre nicht lange anhält. Sie schleifte ihn ins

Schlafzimmer, befestigte beide Arme am verchromten Metallrahmen des schweren Bettes.

„Was …,was …, was wollen Sie von mir? Wer sind Sie?", fragte er verdutzt, wieder aufgewacht, mit weit geöffneten Augen.

„Schnauze! Wenn hier jemand spricht, dann bin ich das", fauchte sie, hielt ihm den Air-Taser ganz dicht vor die Nase.

„Aber …, wer hat Sie hier hereinge…"

„Wenn du noch einmal ungefragt den Mund öffnest, dann laden wir deine Männlichkeit mit zweihundertfünfzigtausend Volt auf", zischte sie wie eine gereizte Giftschlange und fuchtelte genüsslich mit dem Schocker über seinem Schritt rum.

Lia-Mara entnahm dem olivgrünen mitgebrachten Backpack eine kleine elektrische Maschine.

„Arschloch, weißt du, was dies hier ist?", fragte sie ihn und starrte ausdruckslos und kalt in seine Augen, schob dabei ihren Unterkiefer ein wenig vor.

Heftig schüttelte er verneinend den Kopf.

„Das ist eine Tätowiermaschine, um genau zu sein, eine Rotary-Tätowiermaschine. Sie arbeitet mit achtzehntausend Hüben pro Minute, also sehr schnell." Sie öffnete ihm sein Hemd und setzte die kalte Maschine auf seinen Bauch. Vor Angst bildeten sich Schweißtropfen auf seiner Stirn und ein leichtes Zittern durchfuhr seinen gesamten Körper.

Lia-Mara steckte den Stecker der Maschine in die Elektrodose und ließ kurz demonstrativ die Nadel der Maschine vor seinem Gesicht rattern.

„Ich bin hier, um dir ein paar Dinge nahezulegen, Herr Professor", bemerkte sie mit hartem Tonfall, der keinen Widerspruch duldete, und legte die Maschine zur Seite, ließ aber den Augenkontakt nicht abbrechen.

„Erstens: Du wirst in deinem ganzen Leben nie wieder einen jungen Teenager anfassen. Nie wieder", wiederholte sie sehr langsam, um es zu bekräftigen.

„Zweitens: Du unterlässt ab sofort deine sogenannten Geschäfte, bei denen du Forschungsergebnisse verkaufst.

Und drittens: Mit deinem ehemaligen Studienkollegen, dem Inhaber des Mannheimer Labors MedDiagnostic, brichst du auch jegliche Verbindung ab.

Ich bin immer und überall omnipräsent! Es gibt keinen Schutz für dich, das musst du wissen und für alle Ewigkeit daran denken." Dabei richtete sie ihren rechten Zcigefinger auf ihre Augen.
„Hier ist ein Stick, auf dem kannst du dich und deine bezahlten Teenager ein letztes Mal intensiv betrachten und genießen." Sie legte den Stick auf sein Bett.
„Wenn du dich nicht daran hältst, werden viele, ich glaube sehr viele Klicks, und zwar weltweit, zu deiner

Bekanntheit bei YouTube beitragen." Dann legte sie eine Kunstpause ein, nickte mit dem Kopf und fuhr fort: „Wenn du nur den geringsten Anlass dazu gibst, wird dieses Video online gestellt." Dabei nahm sie den Stick nochmals demonstrativ, wiegend in die Hand.

„So, und nun tätowieren wir dir noch was Schönes auf deinen runden Bierbauch. Du kannst die Sprache auswählen. Wie wäre es mit Englisch?
I am a pig and a child molester.
Oder doch lieber auf Deutsch:
Ich bin ein Schwein und Kinderschänder."

„Neeiiiin, bitte nicht, ich werde alles tun, was Sie von mir verlangen. Bitte, bitte, nur nicht tätowieren", kam es mit weinerlicher Stimme über seine Lippen. Er zitterte wie Espenlaub und Schweiß trat in Strömen aus jeder Pore seines Körpers.

Lia-Mara schaute ihm unbeirrt, fragend tief in die Augen. Hielt die Spannung hoch, sagte eine halbe Ewigkeit nichts, schwieg ihn nur an.

Urplötzlich und unerwartet griff sie nach der Rotary-Tätowiermaschine. Man konnte kurz sein bibberndes Jammern trotz des hochfrequenten Sirrens der Maschine im ganzen Hotel hören.

„I am a ..." in roten Lettern verzierte kurz darauf seinen Bauch. Da Lia-Mara nicht als Meister des Tätowierfachs zu bezeichnen war, sah das Ganze ein wenig wackelig wie die ersten Schreibversuche eines Schülers aus.

„Okay, du Arschloch, jetzt besitzt du auch einen hochaktuellen, permanenten Körperschmuck. Er ist noch nicht ganz vollständig, darum denke jeden Augenblick daran:

Beim geringsten, nur klitzekleinsten Verfehlen gibt's in deinem Leben eine Kernschmelze, eine Tabula Rasa, die weit außerhalb deiner etwas verschrobenen Vorstellungskraft liegt", schrie sie ihn an, packte gleichzeitig die Tätowiermaschine und den Elektroschocker in ihren Rucksack, schaute ihm kurz diktatorisch, konzentriert wie ein Ninjakämpfer in die Augen. Dann drehte sie sich auf dem Absatz um und verschwand lautlos, ohne sich nochmals umzusehen.

Der Beichtstuhl

Sie stand voll konzentriert in der Haupthalle des Stadtflughafens Congonhas mitten in der bewegten Menschenmenge und schaute sich aufmerksam nach allen Seiten um, um sich einen Überblick zu verschaffen.

Keiner, und doch schienen alle irgendwie verdächtig, sie zu beobachten. Lia-Mara starrte abermals auf das Display des einfachen, altertümlich wirkenden Handys und las zur Sicherheit nochmals die erhaltene SMS.

Vierzehndreißig in der Haupthalle Flughafen Congonhas. Alleine.

Sie nahm auf einem der unbequemen grauen Plastikstühle des Cafés direkt rechts neben dem Eingang Platz und ließ erneut ihren prüfenden Blick umherschweifen.

„Senhorita, was darf ich Ihnen bringen?", fragte die Bedienung im freundlichen Tonfall.

„Um cafezinho, por favor", bestellte sie, ohne dabei die junge, zierlich gebaute Frau anzuschauen. Lia-Mara konzentrierte sich voll und ganz auf das Geschehen in der Halle.

Der weiß-graue Marmorboden im Karomuster verstärkte sämtliche Geräusche. Es war ein Kommen und Gehen, der Menschenstrom schien nicht abzureißen. Eine zarte, angenehme Frauenstimme durchbrach hin und wieder den hohen Geräuschpegel mit Aufrufen:

„Senhoras e Senhores Passageiros, o vou Varig 7231 para Rio de Janeiro, Portao quatro e ..."

Lia-Mara hatte über den arbeitslosen Ehemann Uehidas, der Hausangestellten von Roberts Onkel, den Kontakt zu einem Mitglied der Schwarzen Spinne vermittelt bekommen. Dieser ehemalige Polizist ließ seine guten Kontakte spielen. Kurze Zeit danach erhielt sie das billige blaue Handy mit einer Prepaid-Karte von United Parcel Service zugestellt.

 Sie besprach mit Roberts Onkel ihr Vorhaben und er bewilligte sofort ohne jegliche Einwendung die Zahlung der geforderten dreißigtausend US-Dollar.

 Um dreizehn Uhr des darauffolgenden Tags erhielt sie eine Anweisung per SMS.

 Lia-Mara setzte sich augenblicklich in ihr Auto, fuhr durch das Navi gesteuert auf die dreispurige Avenida Washington Luis auf. Die Luft an diesem Tag war in dieser Mega-City ausnahmsweise einmal klar und die Umrisse der Hochhäuser flogen nur so an ihr vorbei. Sie wollte unbedingt einiges vor dem vorgegebenen Zeitpunkt am vereinbarten Ort anwesend sein. Von Weitem schon konnte sie das rot-weiße Schachbrettmuster der erhöhten Landebahn, die direkt neben der Avenida lag, ausmachen.

 In Sao Paulo landen die Flugzeuge umgeben von Hochhäusern auf dem höchst gefährlich eingestuften Flughafen mitten in der Stadt.

 Auf Anweisung des Navis verließ sie die Stadtautobahn, bog links zum mit uralten Palmen umsäumten Flughafengebäude ab und parkte ihr Auto im neuen Parkhaus.

Als ihr Handy mit lautem Zwitscherton die eingehende SMS signalisierte, verschüttete Lia-Mara vor lauter Überraschung den zum Trinken angesetzten Cafezinho.

Zweite Säule links neben Rolltreppen. Rote Tüte im Abfalleimer.

Links und rechts der Eingangshalle schmückten monumentale Säulen, tragende Elemente für das Dach, die schon etwas in die Jahre gekommene Halle.

Lia-Mara saß etwa zehn Meter von der Rolltreppe entfernt, die Passanten unermüdlich zu den mannigfaltigen Geschäften im Obergeschoss schaufelte.

Nochmals überzeugte sie sich mit umherschweifendem Blick, ob sie beobachtet wurde, konnte jedoch nichts Konkretes feststellen.

Am gegenüberliegenden Tisch saß lässig locker ein etwa fünfzigjähriger, gut aussehender Mulatte mit dichtem, kurzem Haar, das an den Ansätzen schon etwas Altersblondheit aufwies. Er nickte Lia-Mara herausfordernd mit einem zweideutigen Lächeln zu. Seine lüsternen Augen starrten unentwegt auf ihre feuchte Bluse, um genau zu sein, auf ihre harten, spitzen Nippel.

Kurz zuvor, als sie das Parkhaus verlassen hatte, hatte einer der heftigen südamerikanischen Wolkenbrüche eingesetzt. Sie war vergeblich die wenigen nicht überdachten Meter bis zur Halle gesprintet. Es hatte wie aus Eimern geschüttet und ihre weiße Bluse triefte nur so von Feuchtigkeit. Ihre spitzen Knospen standen senkrecht und steif wie harter Granit. Der Übeltäter, die kalte Luft der viel zu hoch eingestellten Klimaanlage, belohnte somit auch noch die Männerwelt. Die feuchte, transparente Bluse stellte sich als viel beachteter, kostenloser Blickfang für die gesamte anwesende Männerwelt heraus.

Lia-Mara musste sich unheimlich zusammenreißen, mit aller Gewalt die Hand unten halten, um ihm nicht den Stinkefinger zu zeigen, ihm zu flöten, er könne sich selber mal …

Doch ihr Instinkt, nur keine Aufmerksamkeit auf sich zu ziehen, mahnte sie unter heftiger Gegenwehr zur Ruhe.

Lia-Mara entnahm vorsichtig und unauffällig dem gebürsteten Edelmetallabfalleimer die rote Plastiktüte. Durch Gewicht und Form erriet sie schon vor dem Öffnen augenblicklich den Inhalt.

Das unangenehme laute Zwitschern der eingehenden SMS ertönte, bevor Lia-Mara überprüfen konnte, ob das Handy eingeschaltet war.

Geld in Tüte und zurück in Abfalleimer. Danach sofort zum Auto, auf weitere Anweisung warten.

Doch ihr Bauchgefühl blockierte sie für einen kurzen Augenblick.

Was, wenn er mit dem Geld verschwindet. Nichts mehr von sich hören lässt, doppelte ihre innere Stimme nach. Es war vereinbart worden, dass die Hälfte der Summe im Voraus bezahlt werden muss. Und so legte sie schweren Herzens die fünfzehntausend Dollar unbemerkt in die Tüte. Schnäuzte kurz die Nase in ein Papiertaschentuch und warf dann unauffällig beides zusammen in den Abfalleimer zurück.

Unruhig und nervös, wie auf heißen Kohlen sitzend, wartete Lia-Mara gebannt in ihrem Auto. Wie eine halbe Ewigkeit fühlte sich die Viertelstunde an. Dann endlich erlöste sie das ersehnte Zwitschern einer weiteren SMS.

Catedrale de Santo Amaro, Largo 13 de Maio in 25 Minuten. Alleine.

Lia-Mara drehte den Zündschlüssel um, der Diesel wurde mit starkem Nageln zum Leben erweckt, nachdem sie das Ziel ins Navi eingetippt hatte. Nun folgte sie der Avenida Washington Luis. Der dichte Verkehr forderte ihre gesamte Aufmerksamkeit. Die synthetische Stimme des elektronischen Helfers leitete sie beim Golf Club Sao Paulo auf die Alameda da Santo Amaro, die dann einige Minuten danach in die Avenida Padre Jose Maria einmündete.

Lia-Mara rollte nur noch im Schritttempo, sie befand sich unmittelbar vor dem Ankunftsort. Sie stellte ihren Wagen dicht neben dem Kiosk mit dem blau gestrichenen Blechdach, der an der Einmündung der

Avenida Padre Jose Maria in die Largo 13 de Maio liegt, ab.

Jeden Muskel voller Konzentration angespannt wie ein Panther kurz vor dem Sprung auf seine Beute stieg sie vorsichtig und geschmeidig aus dem Wagen. Scannte mit Argusaugen die ganze Gegend nach etwas Verdächtigem ab. Ihrem fotografischen Gedächtnis entging nichts, selbst das kleinste Detail brannte sich für immer in ihre Festplatte fest und konnte jederzeit abgerufen werden.

Die zweihundert Jahre alte katholische Kirche, die Catedrale de Santo Amaro, liegt hier irgendwie deplatziert, dachte Lia-Mara. Links, nur ein paar Meter direkt neben der Catedrale, verläuft die stark befahrende Hauptverkehrsstraße. Die katholische Kirche ist nur durch einen Gitterzaun aus Eisen zum Verkehr hin abgeschirmt.

Auf der gegenüberliegenden Seite der mächtigen Kirche mit ihren vielen großen Rundbogenfenstern schloss sich eine parkähnliche Anlage mit Palmen an. Ein echtes Kontrastprogramm, was den Beobachter hier erwartete. Die Catedrale war wie der Belag auf einem Sandwich zwischen einer stark frequentierten Hauptstraße und einem paradiesisch anmutenden Park eingeklemmt.

Lia-Maras Blick richtete sich sofort steil nach oben, dabei wurde es ihr kurz schwarz vor den Augen und etwas schwindelig. Sie hatte ihren Kopf zu schnell angehoben. Ihre suchenden Augen folgten dem sehr hohen Glockenturm, der senkrecht mit seiner Spitze ins dunkelblaue Firmament zeigte und weithin sichtbar war.

Seltsam, plötzlich meinte sie auf dem begehbaren Dach des vorderen Drittels der Kirche etwas gesehen zu haben. Hatte sie sich getäuscht? War es womöglich nur eine der vielen Verzierungen an der rundum laufenden Balustrade des begehbaren Teils des Daches? Sie war sich nicht sicher.

Auf der Frontseite des Kirchendachs, in zwanzig Meter Höhe, prangten auf jeder Seite zwei monumentale heilige Statuen. Da kann ja heute nichts schiefgehen bei diesem himmlischen Beistand, dachte sie kurz, und ihre Nervosität war wie weggezaubert.

Lia-Mara schritt aufmerksam auf den kleinen unauffälligen Rundbogeneingang der Catedrale zu, stieg die drei Stufen hoch, als das Handy sie erneut in die Realität zurückholte.

In Beichtstuhl rechte Seite.

Die robuste, verwitterte Eichentür knarrte kurz beim Öffnen. Der typische Kirchengeruch, eine Mischung aus Weihwasser und dem Mief alter, abgestandener Luft von antikem Inventar, empfing sie beim Eintreten.

Lia-Mara verharrte kurz, verschaffte sich einen Überblick.

Der düstere Raum strömte eine eigenartige, für sie nicht fassbare Ruhe aus. Durch die überdimensional großen Bogenfenster, mit wunderschönem Bleiglas eingefasst, die Teile der biblischen Geschichte erzählten, strömte Sonnenlicht in die Kirche. Das helle Licht durchbrach kerzengerade, wie der Strahl eines Laserschwerts, an einigen Stellen die Düsternis, zeichnete in allen nur denkbaren Farbnuancen mannigfaltige Muster auf den Fliesenboden.

Der große, hohe Raum mit den azurblau hinterlegten Heiligenfresken an der Decke und den sonnengelb bemalten Bogensäulen zu beiden Seiten war menschenleer. Der fünfzig Meter lange Mittelgang war beidseitig mit dunkel gebeizten Holzbänken zugepflastert. Nur eine alte Frau kniete vorne in der ersten Reihe vor dem in weißem Marmor gehaltenen, der Mutter Maria gewidmeten Hauptaltar auf einer Holzbank. Regungslos, ganz in ihrem Gebet versunken.

Ist ihr Mann gestorben, ist sie krank, warum mag sie hier sein, schoss es Lia-Mara durch den Kopf. Niemand geht ohne schwerwiegenden Grund um diese Zeit in die Kirche, war ihre feste unumstößliche Feststellung.

Aufmerksam, Schritt für Schritt, bewegte sich Lia-Mara auf den aus Holz gefertigten, mit Schnitzerei verzierten Beichtstuhl zu. Sie blickte sich nochmals um, zog den grünen, schweren Samtvorhang der rechten Seite auf und kniete sich auf die dunkel gestrichene, kniefeindliche Holzbank.

„Haben Sie das Geld dabei?", fragte leise eine tiefe, gleichmäßige Stimme. Sie konnte das Gesicht des Mannes nur schemenhaft durch die winzigen Spalten des Gittergeflechts ausmachen.

„Ja, aber zuerst möchte ich meine Informationen von Ihnen", gab sie ruhig und gelassen zu verstehen.

Nachdem sie alle benötigten Informationen erhalten hatte, forderte sie der Unbekannte auf, das Geld durch die kleine Lücke unterhalb des Gittergeflechts, das dem geflochtenen Belag einer Linzer Torte ähnelte, zu schieben und unmittelbar die Catedrale zu verlassen.

Wie verlangt verließ Lia-Mara danach augenblicklich das alte Gebäude. Sie beobachtete gut gedeckt durch den Kiosk neben dem Palmenhain noch eine gute Stunde den Kircheneingang.

Doch außer der alten Frau verließ niemand die Kirche, also musste der Unbekannte einen der Nebeneingänge benutzt haben. Lia-Mara stieg zufrieden in ihr Auto und fuhr gespickt mit Informationen, die das gesamte Geflecht der kriminellen Vorgänge für sie transparent machten, auf direktem Weg nach Hause.

Epilog
Brasilien
Zwei Jahre danach

„Schön! Ich freue mich unheimlich für dich", bekundete Lia-Mara mit weicher Stimme, und man spürte es förmlich, dass es ehrlich war und nicht nur eine der viel verwendeten Floskeln.

„Danke schön. Ich bin auch überglücklich und zufrieden und danke, Lia-Mara, dass du zu meiner Hochzeit hierher nach Brasilien gekommen bist."

„Bin ja nicht bescheuert. Ist doch logisch, wenn ich schon mal bezahlte Ferien angeboten bekomme, nehme ich diese auch mit Handkuss an", gab sie mit einem wohligen Gefühl zur Antwort.

„Deine Frau ist echt ein hübsches Ding. Geschmack haste, mein Junge, das muss man dir lassen."

„Du bist doch nicht etwa lesbisch, oder muss ich mir jetzt noch Gedanken machen?", witzelte er.

Robert hatte sich schon beim ersten Zusammentreffen von der Mulattin Larissa, die den kleinen Lebensmittelladen in der Nähe des Ferienhauses von Onkel Hans betrieb, magisch angezogen gefühlt. Er konnte sich dagegen einfach nicht wehren, war machtlos seinen Gefühlen ausgeliefert. Ihr offenes, warmes Wesen, das herzliche Lachen und ihre natürliche Schönheit wirkten wie ein emotionaler Magnet. Wann immer die

Möglichkeit bestand, musste er sie durch seine Gefühle gedrängt aufsuchen. Es gab immer massenhaft Gründe, sich in Larissas Geschäft aufzuhalten.

Und so entwickelte sich Stück für Stück aus dem anfänglich leichten Funkeln in ihren Augen ein mächtiger Sonnensturm, der beide zum Traualtar katapultierte.

Onkel Hans bot Robert an, in seiner Firma zu arbeiten. Er musste sich's nicht lange überlegen, ließ unverzüglich sein altes Leben zurück in Europa und zog bei Onkel Hans ein. Das Land, die herzlichen Menschen, sein Onkel und nicht zuletzt die angenehmen Temperaturen, alles wirkte magisch auf ihn, heilte zusätzlich seine verletzte Seele. Dies, gepaart mit seiner neuen Aufgabe, schenkte ihm das Gefühl, sich selbst verwirklichen zu können.

So fand sein Onkel in Robert einen neuen Sohn und Robert wurde ein geradliniger, gefühlvoller Ersatzvater geschenkt.

„Ich habe dir dein Hochzeitsgeschenk noch gar nicht überreicht", bemerkte Lia-Mara mit einem hämischen Lächeln.

„Lia-Mara, dass du zu meiner Hochzeit erschienen bist, ist mehr als ein Geschenk. Ich weiß nicht, wie ich dir für alles danken soll! Du hast mir etliche Male das Leben gerettet und dafür gesorgt, dass ich in Ruhe gelassen werde."

„Na, übertreibe nicht gleich maßlos. Ich werde echt das Gefühl nicht los, dass du zurzeit in einer anderen Sphäre schwebst. Was so eine schokobraune Meninha alles bewirken kann!"

„Du hast recht, ich fühle mich wie im Paradies. Alles ist irgendwie stimmig", bestätigte er mit zufriedenem Gesichtsausdruck.

„Tatä, tatä! So, mein Lieber, und jetzt zu deinem Hochzeitsgeschenk."

Lia-Mara berichtete ihm, dass alles mit seinem Arztbesuch in Wehr begonnen hatte.

Der Arzt konnte die Blutprobe, die auf HIV untersucht werden sollte, nicht mehr stoppen, wie von Robert gewollt. Sie war schon im Labor in Mannheim eingetroffen und in Bearbeitung. Das Labor stellte HIV-positiv fest. Zudem war das Virus ausgebrochen, er also AIDS-krank. Doch zum Erstaunen des Labors hatten sich sehr viele Antikörper im Blut gebildet, welche die Krankheitserreger isolierten und somit die Infektion in Schach hielten.

„Und jetzt musst du genau hinhören", sagte Lia-Mara, hob dabei ihre Stimme an, um dem Gesagten noch mehr Gewicht zu verleihen:

„Der Laborinhaber des MedDiagnostic GmbH Labors in Mannheim ist, man höre und staune, ein ehemaliger Studienkollege deines Ex-Chefs in der Schweiz. Immer wenn das Labor etwas Außergewöhnliches wie zum

Beispiel eine interessante Blutprobe entdeckte, verkaufte er dies an deinen Chef. So verdiente er sich ohne großen Aufwand eine goldene Nase."

„Ich kann das einfach nicht glauben …, nein, das kann nicht sein, mein …!"

Lia-Mara ließ ihn den Satz nicht beenden, nahm ihm das Wort.

„Doch, mein blauäugiger Junge! Hier zum Mitschreiben:

Dein Chef ist ein …, wie soll ich den Arsch nennen?

Ein kaputtes, geldgieriges, vom Ego zerfressenes, selbstverliebtes Monster.

Dieses Arschloch kauft sich auf seinen sogenannten Geschäftsreisen junge Mädchen zum Bumsen. Und nicht zu vergessen seine Spielsucht. Die Casinos verdienen sich an ihm dumm und dämlich", plätscherte es aus ihr nur so heraus. Dermaßen emotional hatte Robert sie noch nie erlebt, sie zeigte echte Gefühle.

„Aber er ist doch weltweit ein anerkannter …"

„Genau, ein anerkanntes Arschloch, das von seinem Ruhm den Rachen nicht voll bekommen kann."

„Aber seine Familie, er machte immer so einen glücklichen Eindruck und ließ nichts über die Familie kommen?"

„Tja, mein Lieber, das nennt man das wahre Leben. Irgendwann wird die Lüge zur zweiten Haut und man glaubt selbst daran. Doch hinterher holt einen das Leben, die Realität, ein und spuckt sie wieder aus, wie unverdautes Essen, diese Lüge. Dann hat man daran sehr lange zu kauen. Die meisten beißen sich dann auch die Zähne daran aus wie dein Herr Professor", belehrte sie Robert.

„Du musst dir dies mal reinziehen, der Mann mit den vielen Gesichtern hat mit der brasilianischen Mafia, der Schwarzen Spinne, zusammengearbeitet. Sie hat ihn erpresst, hatte ihn am Haken mit seinen Süchten. Dein feiner Herr Professor lieferte ihnen immer wieder neue Forschungsergebnisse und als Gegenleistung wurde durch die Aranha Negra sein ausschweifendes Leben finanziert." Lia-Mara legte eine künstliche Sprechpause ein, um dem Gesagten mehr Gewicht zu verleihen.

„Diese Mafiosi aus Brasilien arbeiten mit vielen großen Multis zusammen, verkaufen dem Meistbietenden Informationen", klärte sie ihn auf, und er vergaß bei diesen Neuigkeiten fast zu atmen.

„Aber warum wollten die mich dann ums Eck bringen?"

„Da lag ich am Anfang leider auch falsch. Habe gedacht, die wollen dir deine seltene rote Soße abnehmen oder so was. Aber weit gefehlt! Sie wollten dich aus dem Weg schaffen. Denn es gibt AIDS-Medikamentenhersteller. Und, mein Junge, dies ist ein Milliardengeschäft, und das Jahr für Jahr. Das lässt man sich nicht einfach wegnehmen!"

„Aber sie hätten doch ein wirksames Medikament, das AIDS heilt, entwickeln können", widersprach Robert.

„Robert, das wäre aber nur ein kurzfristiges Geschäft. Richtig, ein, zwei Jahre würde das viel Geld in die Kassen spülen, aber dann? Überlegt doch mal, Hirni!"

„Ja, aber ..."

„Nichts ja aber! Mit einer Krankheit, die bestehen bleibt, verdient man Jahrzehnte gutes Geld. Intendes?"

„So eine Schweinerei, das kann ich einfach nicht glauben. Nein!"

„Hahaha, so funktioniert der Kapitalismus. Junge, von welchem Stern stammst du denn?"

„Scheiße, was hast du zu Anfang gesagt? Ich bin HIV-positiv? Scheiße, Scheiße ..."

„Beruhige dich, Junge.

Tata, tata, hier kommt dein Hochzeitsgeschenk: Die Blutprobe wurde verwechselt, es war gar nicht dein Blut", trompetete sie mit voller Lautstärke.

„Echt? Du willst mich doch nur beruhigen."

„Mit so was spaße ich nicht. Es ist und war nicht deine Blutprobe. Du kannst es mir echt glauben. Habe es doppelt und dreifach gecheckt."

„Lia-Mara, woher kannte die Aranha Negra alle Details bis ins Klitzekleinste?"

„Im Zeitalter des WWW, in der jeder mit jedem vernetzt ist, haben solche dunklen Gestalten leichtes Spiel. Sie haben alle notwendigen Maßnahmen getroffen. Telefonleitungen verwanzt, E-Mails abgefangen, einfach das ganze Programm", klärte sie ihn auf und hielt ihm über Cyberkriminalität einen ellenlangen Vortrag.

Nach was suchen wir Menschen im Leben?
Nach Energie.
Und was ist Energie?
Liebe,
leider aber auch Hass.